Sina Blackwood

VERLANGEN, SEX & ABENTEUER

AF235677

Bibliografische Informationen der Deutschen Nationalbibliothek:
Die Deutsche Nationalbibliothek verzeichnet diese Publikation in der Deutschen Nationalbibliografie; detaillierte bibliografische Daten sind im Internet über https://www.dnb.de abrufbar.

© 2. Auflage: Februar 2022

© Coverbild:	Sina Blackwood: Festung Königstein
© Illustrationen:	Kay Elzner
Umschlaggestaltung:	Sina Blackwood
Layout:	Sina Blackwood

Herstellung und Verlag:
BoD – Books on Demand, Norderstedt
ISBN: 9783755792499

Verwunschene Orte

Statt in die Berge, wie Maja erwartet hatte, führte die nächste Reise aufs flache Land und weit, weit weg von Alpen, Dolomiten oder den Ligurischen Alpen, auch italienische Seealpen genannt.

Sechs Uhr morgens traf sie sich mit einer guten Freundin an der Tankstelle gleich bei der Autobahnauffahrt. Koffer verladen, ab ins Auto und los! Die Bäume trugen schon ihr Herbstlaub, aber es war ein trockener, sonniger Tag und sie kamen gut voran.

Von der A4 wechselten sie auf die A72 Richtung Leipzig. Und wie nicht anders zu erwarten, verfuhr sich Maja an der Gabelung B176/B95. Das tat der guten Laune aber keinen Abbruch, denn mit einem winzigen Umweg kam man auch auf die B95.

Die Gedankenschmetterlinge verhielten sich still, wie meist, wenn Maja nicht allein unterwegs war. Nur als genau vor ihnen von rechts nach links ein wirklich großer, fetter Waschbär ganz gemütlich die Fahrbahn überquerte, fingen sie an zu lachen. Es war wohl wieder einer jener Tage, an denen irgendwas Denkwürdiges passieren werde. Die Rabenkrähe, die den behäbigen

Waschbären ebenfalls beobachtete, deutete für Maja ganz darauf hin. Aber auch, dass Nico rasch erfahren werde, wohin sie sich auf Reisen befand.

Kaum waren sie bei Leipzig auf die A38 aufgefahren, ging der Spaß auch wirklich los. Der Bordcomputer verkündete mitten in der Baustelle: Druckabfall. Alle vier Räder kontrollieren.

Maja schnaufte: „War ja fast klar! Das ist nun schon zum zweiten Mal, dass ich in der Werkstatt zum Radwechsel war und der Computer ein paar Tage später mault."

An der erstbesten Raststätte fuhren sie runter, genehmigten den Reifen Luft und sich selber eine Pinkel- und Cappuccinopause.

„Uns hetzt doch keiner", schmunzelten sie.

Und auch die anderen schien keiner wirklich zu jagen, denn es gab nur zwei kurze Staus auf der ganzen Strecke bis Wilhelmshaven, dem ersten Etappenziel des Tages. Das Navi führte sie auf den Parkplatz Jadestraße, Nähe Südstrand, den sie besuchen wollten.

Sie fanden sogar eine freie Parktasche, für deren Größe wohl ein Trabant Modell gestanden haben musste. Es war nicht eng. Es war saueng und beide quetschten sich mühsam aus den nur spaltbreit geöffneten Türen. Der Ticketautomat ohne Geldrückgabe war die nächste

Hürde, bei der Maja die Augen verdrehte. Die eifrige gemeinsame Suche in sämtlichen Geldbörsen förderte schließlich den benötigten Betrag zutage.

Es war gerade um die Mittagszeit und sie beschlossen, irgendwo auf der Südstrandpromenade einen Kaffee zu trinken und Eis zu essen. Der strahlende Sonnenschein lud genau dazu ein. Also zogen sie los in Richtung Deich, stiegen die Stufen hinauf und genossen den Blick über die ganz leicht gekräuselte Oberfläche des Jadebusens. Jener Bucht, die Unterweser und Ostfriesische Halbinsel voneinander trennt.

Die rund 190 Quadratkilometer große Wasserfläche vermittelte einen kleinen Eindruck von Meer, auch wenn in der klaren Luft das andere Ufer zu erkennen war.

Natürlich fand Maja, die zum ersten Mal an der Nordsee war, wieder an allen Ecken und Enden etwas, zu bestaunen, fotografieren oder notieren – ob die Kaiser-Wilhelm-Brücke, das Deutsche Marine Museum oder das Aquarium. Genau da gegenüber entdeckte sie einen ihrer geliebten Kurbelautomaten und prägte sich ein Stockschild mit der Brücke.

„Die Jäger und Sammler haben zugeschlagen", lachte sie. Wobei sie auch die weiß-braun gepunkteten Vogelfedern mit einschloss, die sie gemeinsam am Deich aufgelesen hatten.

Das Marine Museum interessierte sie aus vielerlei Gründen. Am 17. Juni 1869 war in Wilhelmshaven der erste deutsche Kriegshafen an der Jade eingeweiht worden. Die Stadt wurde im Lauf der Zeit zum größten Standort der Marine. Hier gibt es auch den Tiefwasserhafen mit der größten Tiefe in Deutschland. Über 70 Prozent des Rohölumschlags laufen hier ab.

Im Augenblick interessierte die beiden Frauen aber der Umschlag der Nahrungsmittel in den Strandcafés mehr. Um vor den lästigen Möwen Ruhe zu haben, die einem glatt das Essen aus der Hand rissen, wenn man nicht aufpasste, setzten sie sich unter einen großen tief hängenden Sonnenschirm. Dahin mussten die Viecher erst mal unbemerkt kommen!

Sie blieben auch wirklich unbehelligt, aßen, tranken, lachten und freuten sich auf das Endziel der Reise – die Burg Kniphausen. Vorher wollten sie noch auf die Suche nach einer Tankstelle gehen, denn seit sie die Autobahn verlassen hatten, war ihnen keine mehr begegnet und das Navi hatte seltsamerweise auch keine angezeigt.

Überall am Südstrand liefen Aufbauarbeiten für das „LichterMeer", das, wegen eines Unwetters am eigentlichen Termin, auf diesen Tag verschoben worden war. Eine Bühne wurde aufgebaut, Fackeln installiert und Getränkestände nahmen Gestalt an. Verschiedene LED-Objekte standen bereits. Sie und mehrere Meter hohe Lichterfiguren würden am Abend die ganze Promenade in eine stimmungsvolle Atmosphäre tauchen, natürlich mit musikalischer Begleitung.

Den Rückweg zum Parkplatz nahmen sie auf der anderen Straßenseite, am Nordufer des Banter Sees, kurz vor dem Grodendamm, wo sie auf einem Hügel eine kleine Ruine erspäht hatten, die sie jetzt genauer anschauen wollten – die Banter Kirchwarf. Eine von rund 300 Wurten im Stadtgebiet von Wilhelmshaven. Ein kleiner Hügel, auf denen früher die Menschen ihr Hab und Gut vor den Fluten in Sicherheit brachten, bevor es durchgehende Deiche gab.

Normalerweise reagierte Maja sofort auf alles, was irgendwie nach Mittelalter oder grauer Vorzeit anmutete. Hier bekam sie gar keine Rückkopplung, wie sie es ausdrückte, und wunderte sich nicht, nachdem sie die Hinweistafel gelesen hatte. Die „Ruine" war erst im Jahr 1889 als Erinnerung auf alten Kirchenfundamenten aufgebaut worden.

Im 14. Jahrhundert hatte hier aber tatsächlich eine Kirche gestanden, die man zur Wehrkirche ausbaute. Es waren auch Steinsärge aus dem 11. Jahrhundert und viel, viel ältere Besiedlungs- und Kultspuren gefunden worden, als man von hier Material für den Deichbau holen wollte. So auch Aschekrüge im Fundament, was die Vermutung nahelegte, es könne sich einst um einen heidnischen Begräbnisplatz gehandelt haben.

Im Jahr 1511 war das Kirchspiel Warf bei der Antoniflut untergegangen. Bereits in den beiden Jahren zuvor hatte es schwere Sturmfluten gegeben und die neue Flut mit ungewöhnlich starkem Eisgang gab dem Deich den Rest. 1529 war das Gebiet schließlich ausgedeicht worden, wodurch die Kirche dem Verfall preisgegeben war. 1910, also einige Jahre nach dem Bau der Erinnerungsstätte, deichte man das Gebiet erneut ein.

In Tettens soll noch heute eine Glocke des alten Banter Kirchspiels erklingen. Die dortige wundervolle Kirche St. Martin war im 12. Jahrhundert aus Granitquadern errichtet worden.

Aber sie anzuschauen, reichte die Zeit nicht. So verließen sie die künstliche Ruine und Maja murmelte: „Wie das Leben so spielt. Die Magie dieses Ortes hier hat es wohl vorgezogen, mit der letzten großen Flut zu verschwinden."

Oder sie steckt in der letzten noch existierenden Glocke, wisperten die Gedankenfalter, was auch Maja nicht für ganz unmöglich hielt.

Verschwunden blieben jedenfalls die Tankstellen im Navi. Da man aber in unmittelbarer Nähe zur Stadtinformation parkte, fragten die Frauen dort nach dem Weg und bekamen einen Stadtplan, auf dem der freundliche Herr am Tresen die beiden naheliegenden Tankstellen ankreuzte.

Die Autos neben Majas flottem Flitzer waren noch die Gleichen, sodass sie relativ sicher sein konnte, keine Dellen und Kratzer im Lack zu haben, denn das Problem, zu den Türen hinein zu kommen, war ja auch noch das Gleiche, wie heraus zu steigen.

„Meine Güte! Wer hat bloß diesen Parkplatz entworfen?!" Maja schüttelte noch immer den Kopf, als sie schon auf die Brücke in die Stadt zufuhren. Und wie durch Zauberhand zeigte das Navi plötzlich sämtliche Tankstellen in weitem Umkreis an. „Muss man nicht verstehen", lachte Maja und ihre Freundin fügte hinzu: „Auf diese Weise haben wir aber eine Karte und das ist doch auch was wert."

Maja nahm die erste, aber für sie auch beste Tankstelle. Da bekam sie außer Sonderkonditionen auch noch Paybackpunkte. Mit vollem Tank und einer Sorge weniger, rollten sie mit dem

11

Nachmittagsverkehr aus der Stadt. Der Bordcomputer zeigte zwar an, dass der Wagen noch fast 100 Kilometer mit dem Restbenzin geschafft hätte, aber Maja hasste es, in fremder Umgebung auf der letzten Rille zu fahren.

Es dauerte auch nicht lange, da erspähten sie die Zufahrt zur Burg. Weil sie zu zeitig da waren, stellten sie das Auto gleich hinter der Einfahrt ab und machten einen ausgedehnten Rundgang durch das Burggelände. Die Augen beider Frauen wurden immer größer, denn die wundervollen alten Bäume der Wandelalleen um den Burggraben luden zum Träumen ein.

Selbst die Gedankenschmetterlinge staunten und schwiegen. Der Himmel war noch immer postkartenblau, die Luft mild und das bunte Herbstlaub leuchtete in unzähligen Farben.

„Unglaublich schön", flüsterte Maja. „Ein wirklich magischer Ort." Hier konnte sie auch wirklich die Energien einer alten Zeit spüren.

Vor der Reise hatte sie sich ein wenig über Kniphausen belesen und herausgefunden, dass hier einst der Sitz einer mittelalterlichen Häuptlingsherrschaft gewesen war. Später hatte es ein Schloss gegeben, das im Jahr 1708 einem Feuer zum Opfer fiel. In dessen Folge war der Marstall zur Wohnung des Grafen und für die Verwaltung umgebaut worden. Im 19. Jahrhundert kaufte der Fürst Edzard zu In- und Kniphausen die Burg. 1977 wurde ein Teil der Anlage an einen Verein zur Erhaltung der Burg übergeben und 1990 renoviert. Es gibt einen Ahnensaal für festliche Veranstaltungen, ein Burgrestaurant, Wohnungen, das Torhaus, den Treppenturm — und natürlich die wundervolle Parkanlage, von der Maja kaum die Augen lassen konnte.

Als besonders gutes Omen wertete es Maja, als sie den Parkplatz 13 zugeteilt bekam. Das war seit jeher ihre Glückszahl gewesen. Und auch die wirklich hübsche Ferienwohnung, die nun für zwei Nächte ihr Domizil war, ließ die Herzen höher schlagen. Es passte einfach alles.

Nun fehlt nur noch Nico, flüsterte der Schwalbenschwanz.

Maja atmete tief durch. Ja, Nico fehlte ihr. Immer und immer wieder und mit jedem Tag mehr. Nur hatte sie hier weder Krähen noch Raben gesehen. Nico würde ganz sicher keinen Kontakt aufnehmen.

Aber das ist doch ein Vogelschutzgebiet, wisperten die Schmetterlingsgedanken.

Das heißt aber nicht, dass hier Rabenvögel die Erste Geige spielen, gab Maja zu bedenken. *Hier gibt es Eisvögel und andere Seltenheiten. Wir gehen dann noch eine Runde und lassen uns ganz einfach überraschen.*

Kaum hatten sie einen Fuß vor die Tür gesetzt, nahm die Magie des Ortes Maja wieder voll gefangen. Das stille Wasser des breiten Burggrabens, auf dem unzählige Enten und Blässhühner schwammen, lenkte die Gedanken auf Märchen und Sagen. Überall wuchsen Pilze und Maja hörte irgendwann auf, die vielen Arten zu zählen. Die kleine Pocketkamera kam kaum zur Ruhe, weil es hinter jedem Baumstamm etwas zu entdecken gab.

Das Rascheln des trockenen Herbstlaubs bei jedem Schritt auf den beidseits von dicken Linden gesäumten Wegen hatte etwas Mystisches. Die farbenfrohen Blätter schienen erzählen zu wollen, was die alten Bäume in ihrem langen Leben schon alles gesehen hatten.

Der Einladung zum Abendessen, bei der kunstfertigen und fantastisch handarbeitskreativen Inhaberin der Ferienwohnung, folgten sie gern und unterhielten sich wirklich glänzend. Hier bekamen sie auch den heißen Tipp, den Strand von Hooksiel aufzusuchen.

Das nahmen sie sich auch für den nächsten Morgen vor, aber erst, nachdem sie noch einen langen Spaziergang durch die Lindenalleen unternommen hatten. Maja fotografierte die unzähligen Pilze, die unglaublich schönen Spiegelungen der Bäume im Wasser und zwei kreisrunde Plätze, die ebenfalls von Linden eingefasst waren und über die sie gern mehr erfahren wollte. Eine volle Runde durch das ganze Gelände drehten sie, ehe sie Richtung Hooksiel starteten.

Das flache Land lag in der Morgensonne und die Straßen waren noch fast leer. Die 13 Kilometer kurvenreiche Strecke, waren schnell überwunden. Jetzt, im Herbst, gab es auch kein Problem, einen Parkplatz in Strandnähe zu finden. Kaum angekommen, erklommen sie voller Tatendrang die erstbeste Treppe über den Deich.

„War ja klar", lachte Maja, beim Anblick des Watts. „Ich bin das erste Mal wirklich an der Nordsee und das Wasser ist weg!"

Es hatte aber so einiges zurückgelassen, was sie zum Basteln und als Erinnerung brauchen konnte. So trabten sie in der wärmenden Sonne über den Schlick, suchten Muschelschalen und Schneckenhäuser, fanden tote Krabben und Krebse und schauten belustigt zu, wie einige versuchten, Wattwürmer auszugraben.

Sie beobachteten die großen Schiffe, die vom Hafen kommend, die Passage in schiffbare Gewässer nahmen und erreichten irgendwann das letzte Strandhaus. In der Annahme, es werde schon irgendwo Kaffee geben, stiegen sie hinauf und mussten erstaunt feststellen, dass das nach der Badesaison problematisch werden konnte.

Auch am nächsten und übernächsten Strandhaus standen sie vor verschlossenen Türen. Kaffee gab es erst da, wo sie herkamen, am ersten Strandhaus gleich am FKK-Strand. Den belebenden Trank hatten sie sich nun aber auch redlich verdient.

Und wie sie da so saßen, schwoll ihnen buchstäblich der Kamm. Nein, nicht wegen der vielen Nackten, die gehörten ja hierher! Es behandelte jemand seinen Hund wie den letzten Dreck! Ein riesiges wundervolles schwarzes Tier mit plüschig aussehendem Fell.

„Armer Wauzi", murmelte Maja und auch ihre Freundin musste stark an sich halten.

Selbst die Gedankenfalter steckten die Köpfe aus Majas Tasche, um sie voller Missfallen zu schütteln. *So behandelt man doch keinen Hund, selbst wenn es ein ganz junger sein sollte!*

Da sprecht ihr goldene Worte!

Die Frauen zogen es vor, sich einen anderen Platz zum längeren Ausruhen zu suchen, sonst hätte es womöglich noch handfesten Ärger wegen des Tieres gegeben.

Es war eine Bank in unmittelbarer Nähe einer Dusche, wo etliche Wattgänger versuchten, sich selber oder ihre Hunde wieder sauber zu bekommen. Sehenswerte Schauspiele, die den beiden Beobachterinnen ein vergnügtes Grinsen ins Gesicht zauberten.

Am Nachmittag wanderten sie zum Auto, um zur Burg zurückzufahren. Diesmal machte ihnen die kurvige Strecke noch mehr Spaß, denn sie waren in einen Korso wundervoller Oldtimer geraten, von denen man in den Kurven auch jene zu sehen bekam, die weit, weit vor ihnen fuhren oder noch nach ihnen kamen. Das gemächliche Tempo machte es auch Maja möglich, mehr als nur ein Auge auf die vierrädrigen Schönheiten zu werfen.

Als sie gerade wieder in die Zufahrt zur Burg abbogen, erspähte Maja etwas im Rückspiegel, das man unbedingt ein Mal im Leben von Nahem gesehen haben musste – eine Tin Lizzie, also einen Ford T Runabout. Sie blieb also gleich in der Einfahrt stehen, was ihre Freundin mit großen fragenden Augen beantwortete.

„Einen ganz kleinen Moment", strahlte Maja, „gleich kommt das Glanzlicht des Korsos."

Da war das Gefährt auch schon heran, zog majestätisch an ihnen vorüber und verursachte helle Begeisterung. Sie waren zur rechten Zeit am goldrichtigen Ort gewesen. Nun durfte auch Majas flotter Flitzer weiterrollen.

Auf dem Parkplatz angekommen, stellten sie fest, dass sie ja eigentlich noch viel Zeit hatten, und spazierten noch einmal auf fast allen Wegen durch den Park der Burg, um die Nase in fast jeden Winkel zu stecken. Am nächsten Morgen, in aller Herrgottsfrühe wollten sie ja schon wieder nach Hause düsen. Da musste man einfach noch einmal alle Sinne auf die Magie dieses Ortes richten.

„Das schreit alles ganz, ganz laut nach Wiederholung", waren sie sich einig.

Und wieder standen sie bei den ringförmigen Baumpflanzungen und rätselten, was hier wohl alles geschehen sein mochte.

„Oh, ich glaube, wir müssen los", stellte Maja plötzlich fest.

Sie waren ja hier, um eine Lesung mit deftigen Kurzgeschichten zu gestalten, und mussten noch einige Sachen vorbereiten. Maja freute sich sehr, dass die Zuhörerinnen, für welche die Veranstaltung lief, hin und wieder ihre Handarbeiten sinken ließen, um zu einigen Passagen besonders zu lauschen.

Sie selber mochte die Verbindung Lesung und Kunst in jedweder Form sehr. Egal, ob es Handarbeitszirkel, Vernissagen von bildenden Künstlern oder musikalische Umrahmungen von Lesungen waren. Das hatte fast immer etwas anheimelnd Familiäres, wo meist auch die richtige Stimmung aufkam. Darunter zählten auch mittelalterliche Ritterabende, die sie mit Vorliebe ausgestaltete.

Auch hier wurde es ein lustiger Abend, denn wo passen verrückt-frivole Mittalaltergeschichten mehr hin, als auf eine Burg? Die wunderbare Gastgeberin hatte mit der Bewirtung und allem drum herum genau die richtige Atmosphäre geschaffen.

Der nächste Morgen sah Maja und ihre Freundin schon vor sechs Uhr zum Auto wandern und Koffer verladen. Es sollte bis Mittag weitestgehend trocken bleiben, und die Zeit wollten sie nutzen, um Meter zu machen. Erstaunt merkten sie, je weiter sie Richtung Süden kamen, umso kälter wurde es.

Auf der Rast stellte Maja schnell fest, sie hätte auf dem Weg zum Haus lieber eine Jacke überwerfen sollen, die sie im Norden gar nicht gebraucht hatte. Da genügte ein Pullover und selbst der war in der wirklich fantastischen Sonne zu warm gewesen, sodass sie die Ärmel hochkrempeln musste.

Gegen Mittag erreichten sie schließlich wieder ihre heimatliche Tankstelle und Maja sicherte, kaum zu Hause, ihre Bilder und Notizen. Natürlich wollte sie gleich noch ein bisschen recherchieren, aber die Website des Heimatvereins der Burg war im Wartungsmodus und sollte das auch noch mehrere Monate bleiben. Es war wie verhext. Verhext? Das Wort Hexenplätze war auch im Zusammenhang mit den kreisrunden Baumpflanzungen gefallen ... Maja machte das natürlich nur noch neugieriger.

In lapide regis – Auf dem Stein des Königs

Es geht auf Weihnachten zu, stellten die Schmetterlingsgedanken fest, weil Maja bald wieder Reisekataloge wälzte.

„Auch. Ich habe wahnsinnige Sehnsucht nach Nico." Maja zog die Nase hoch, weil er sich wirklich sehr rar machte. „Ich möchte in seinen Armen liegen, seine warme Haut spüren und all die wundervollen Zärtlichkeiten genießen. Er fehlt mir so sehr."

Oha, da hat aber jemand den großen Katzenjammer, seufzte der Distelfalter.

Die anderen Schmetterlinge schauten Maja betroffen an, die tief betrübt den Kopf hängen ließ. Sie begannen, gemeinsam die Seiten umzublättern, weil sie wussten, welche Reisen Maja antreten konnte, um auf die Suche nach einer Tür in die Zeit zu gehen oder im Hier und Jetzt Nico zu treffen. Sieben oder gar acht der bunten Gesellen krallen sich an das Papier und legten eine Seite nach der anderen um.

Stopp! Der Schwalbenschwanz hatte etwas erspäht, das Maja zwar kannte, aber unter einem völlig anderen Gesichtspunkt erlebt hatte, als es in diesem Reiseangebot möglich war.

Eine Burg? Der Distelfalter schwebte empor, um das Bild im Ganzen zu erfassen. *Oh eine Tagesfahrt am Wochenende!*

Maja hob neugierig den Kopf. „Wohin soll es gehen und vor allem wann?"

Im Dezember zur Festung Königstein, zu einer Tageszeit, wo man auch fotografieren kann, gab der Schwalbenschwanz bekannt.

„Wirklich? Zeig her!" Maja raffte sich den Katalog heran, dass die Falter als bunte Wolke aufflatterten.

Sekunden später drückte sie im Internet den Buchen-Button.

Ich dachte schon, sie würde zum gefühlten hundertsten Mal auf die Wartburg oder die Harzer Weihnachtsmärkte fahren, kicherte ein Zitronenfalter.

Maja gab aus Jux das Suchwort Wartburg ein. „Ich glaube, ich spinne! Die haben sie tatsächlich im Programm!"

Wirklich? Zeig her, rief diesmal der Schwalbenschwanz und gleich darauf: *Das hast du jetzt nicht ernstlich gemacht?!*

„Doch, ich habe!", grinste Maja, die im Bruchteil eines Wimpernschlags gebucht hatte.

Dann haben wir wenigstens Ruhe vor dem Harz, feixte der Bläuling.

„Denkst du!", rief Maja. „Auch diese Reise gibt es in diesem Jahr und ich brauche nur einen Tag Urlaub!"

Lass das! Nein! Das tust du nicht! Du wirst doch nicht etwa ...??? Die Falter flatterten wie aufgescheuchte Hühner durcheinander.

Sie hat es getan! Sie hat es wirklich getan, jammerte der Trauermantel, als Maja mit breitestem Grinsen auch diese Reise buchte.

„Darauf kannst du einen lassen", verkündete Maja völlig undamenhaft. „Wenn alle anderen Stränge reißen, dann nutze ich das Portal im Ritterbad. Ich will zu Nico, sonst drehe ich durch! Da ist es mir auch völlig egal, ob Meister Fabian wieder spannt. Was Körperchen braucht, muss Körperchen haben."

Ohhhhhh haaaaaaa! Schwalbenschwanz und Distelfalter hoben hilflos die Vorderbeine.

Je oller umso toller, schmunzelte der Zitronenfalter.

Maja zuckte mit den Schultern, während sie eine genüssliche Grimasse zog. Für ein paar heiße Stunden mit Nico würde sie Kopfstände machen, um zu dem, in dem Gobelin versteckten, Zeitenportal der Wartburg zu kommen, sollte das der einzige Weg in sein Jahrhundert sein. Vor allem jetzt, wo sie wusste, dass es in beide Richtungen funktionierte.

Bist du nicht schon mehrmals auf der Festung König-
stein gewesen, stellte der Schwalbenschwanz mit
fragendem Unterton fest.

„Das ist laaaaaaange her!" Maja dehnte das
Wort glatt in Unendliche.

Laaaaaaange her, staunte der Distelfalter.

Maja begann zu lachen. „Krümelkacker. Vor
einem Jahr war ich zu einem Dinner mit viel
musikalischer Umrahmung eingeladen, es war
dunkel und ..."

Schon gut, kicherten die Falter, *du würdest 1000*
Gründe finden, warum du fahren musst. Dass es diesmal
hell sein wird, ist nur einer davon.

„Richtig, meine Lieben!" Maja notierte sich
zufrieden ihre Reisetermine, die zwei aufeinan-
derfolgende Wochenenden komplett füllen sollten.

An einem Samstag im Dezember tigerte sie am
frühen Morgen los. Das heißt, sie lief tatsächlich
bis zum Haltepunkt der Reisebusse, statt mit
Nahverkehr oder Taxi zu fahren. Auffällig war,
dass diesmal am Busbahnhof das Rabenkrähen-
pärchen fehlte, das hier fast immer morgens
nach Futter suchte.

Sollte ich nun unruhig werden? Maja stellte die
Frage in den Raum, ohne wirklich auf Antwort
zu warten. *Weiß der Fuchs, was diesmal schiefgeht!*

Erst einmal nichts, denn der Reisebus tauchte pünktlich auf. Aber dann! Ein Mitreisender erschien auch nach längerem Warten nicht und so starteten sie mit ziemlicher Verspätung. Manche Leute schauten eben nicht auf ihre Rechnung, wo alle wirklich wichtigen Daten für die Reise standen, sondern nur in den Katalog, wo die groben Richtwerte zu finden waren.

Maja kannte das. Es passierte immer. Schließlich war nicht jeder ein Busreiseprofi wie sie. Hoffentlich passierte nicht noch mehr! Die beiden Krähen, die auf dem Lärmschutzzaun der Autobahnauffahrt saßen, stimmten sie aber wieder zuversichtlich. So, wie die beiden den Bus beäugten, musste es einfach ein schöner Tag werden.

Die A4 wirkte an diesem Morgen wie eine Autobahn in Polen, denn fast jedes Fahrzeug, das sie überholte, hatte ein polnisches Kennzeichen – Berufspendler, die am Wochenende nach Hause fuhren. Um diese Zeit ging es noch recht zügig voran.

Am Rastplatz „Dresdner Tor" war Toilettenpause, denn einige Reisende kamen von viel weiter her als Maja, die zuletzt mit zugestiegen war.

Die Schmetterlingsgedanken fingen zu kichern an. *Na, sind die RABEN groß genug?*

Maja grinste vergnügt, als sie den LKW der gleichnamigen Firma passierte. Ja, der war kaum zu übersehen. „Okay, ich lasse ihn gelten."

Dann muss es ja ein rundum fantastischer Tag werden, schmunzelten die Schmetterlingsgedanken.

Das schien auch der Wettergott zu wollen, denn er hielt die Regenwolken zurück. Nur jene ließ er durch, die den Dezemberhimmel in einen wundervollen Kontrast zur Sonne setzten. Auf dem Parkplatz vor dem großen Lift stieg die Reisegruppe aus, weil der Busfahrer sein Gefährt außerhalb des Burgareals abstellen musste. Die Reiseleiterin besorgte die Eintrittskarten, teilte sie aus und instruierte die Gruppe, wo der Treffpunkt war, falls sie getrennt wurden. Maja fotografierte schon jetzt die kolossalen Außenmauern der Festung. Dann standen sie noch eine ganze Weile in einem der Innenhöfe, ehe der Raum in den Kasematten frei war, wo der Kommandantenbrunch stattfinden sollte.

Ihr „Gastgeber" war schließlich Hanns von Eberstein aus dem 16. Jahrhundert, der sie mit Worten und Musik unterhielt. Unter anderem mit dem Lied „Auf der Festung Königstein", das Maja schon als Kind liebend gern mit verrückten Strophen ins Unendliche gedehnt hatte. Als der „Kommandant" verlangte, jede Reisegruppe müsse eine neue Strophe dazudichten, ritt Maja der Teufel. Sie gab also zum Besten: „Auf der Festung Königstein, muss doch auch ein Bäcker sein. Der Bäcker schlägt die Fliegen tot und bäckt daraus Rosinenbrot." Das Gelächter der Gruppe war ihr gewiss, denn bisher waren nur ernste Strophen vorgetragen worden.

Auftrag erfüllt, Essen verdient. Und das Buffet war wirklich köstlich. Der Zufall hatte wohl seine Hände im Spiel, dass Maja einen der beiden schönsten Plätze am Tisch zugeteilt bekam, von wo aus der gesamte Kasemattenraum am besten zu überblicken war. Den Platz neben ihr hatte ein älterer alleinreisender Herr erhalten.

Maja und ihr Tischnachbar unterhielten sich glänzend. So war es auch keine Wunder, dass sie auf dem großen historischen Weihnachtsmarkt gemeinsam auf Entdeckung gingen, wobei sie fast die gesamten Außenmauern der Festung mit umrundeten.

Maja freute sich, wie viele Dinge in den letzten Jahren restauriert worden waren.

Bereits in der Bronzezeit war das Bergplateau besiedelt gewesen und hatte in späteren Jahrhunderten auch eine Burg getragen. König Wenzel I. von Böhmen erwähnt in einem Schriftstück aus dem Jahr 1233 eine Burg, die damals zu seinem Hoheitsgebiet gehörte.

Es folgte eine wechselvolle Geschichte, mit ebenso wechselnden Herren. Erhalten hat sich dafür aber erstaunlich viel aus allen Jahrhunderten. Das älteste Bauwerk, die Burgkapelle, stammt von Ende des 12./Anfang des 13. Jahrhunderts.

Ein Jahrhundert später wurden die Außenmauern errichtet und eine Art Wohnturm. Um 1500 wurde die Burg erweitert. Es entstanden der Südflügel und ein Treppenturm. Im 16 Jahrhundert trieb man den Brunnen in die Tiefe, der noch heute ein Wunderwerk der Technik ist. Die Sachsenkönige ließen die Burg schließlich zu einer Festung ausbauen, die von den folgenden Generationen immer wieder den Erfordernissen der Zeit angepasst wurde.

Maja schwelgte in Erinnerungen aus Kindertagen. Sie war immer gern hier oben gewesen. Und jetzt, zur Weihnachtszeit, machte das noch mehr Spaß. Überall duftete es nach Gebratenem und Gebackenem, Kinderaugen glänzten und die Erwachsenen labten sich am Glühwein. Maja mochte das Flair der mittelalterlichen Weihnachtsmärkte, die Handwerker, die Schausteller und den Hauch vergangener Jahrhunderte.

Weil sehr viel Zeit bis zur Rückfahrt des Busses war, wollten sie der Magdalenenburg noch einen Besuch abstatten, in deren Keller bis 1819 das Riesenweinfass Augusts des Starken gestanden hatte.

Ein Wagnis, weil immer wieder unvernünftige Mitbürger Kinder auf den schmalen Treppen spielen ließen, welche die breite Steinrampe einsäumen. Selbst mit festem Schuhwerk sollte man schauen, wohin man tritt, und muss man ausweichen, kann es ganz schnell zum Sturz kommen.

„Ich gehe nur mal schnell auf der anderen Seite ein paar Bilder machen", erklärte Maja ihrem Begleiter, damit der sich keine Sorgen machte, weil sie plötzlich verschwunden war. Sie hatte nämlich die uralten Brunnenfässer entdeckt, die bei Sanierungsarbeiten geborgen worden waren.

Sie fotografierte, steckte die Kamera ein und wollte gerade wieder auf die andere Seite des Kellers gehen, als ihr jemand ein Tuch über den Kopf warf und sie mit sich fortzerrte.

Was soll der Scheiß, dachte Maja wütend. *Ausgerechnet hier, wo man sich den Hals brechen kann!*

Der Kraft des Fremden hatte sie nichts entgegenzusetzen und so verhielt sie sich lieber ruhig, um nicht noch verletzt zu werden.

„Wen bringt Ihr mir?", hörte sie einen Mann sagen, dann zog man ihr das Tuch vom Kopf.

„Einen Dieb. Ich habe ihn im Provianthaus erwischt."

Na klar. Was noch? Maja war stinksauer. Wenn sie wegen dieses dummen Spiels den Bus verpasste, dann ... Da fiel ihr Blick aus dem Fenster und ließ sie erstarren. Von dem, was die Festung ausmachte, war nichts mehr zu sehen und der Rest lag unter einer dicken Schneedecke begraben. Der Mann, der sich aus dem Halbdunkel des Raumes schälte, trug Kleidung, die weder zum Weihnachtsmarkt noch zum Kommandanten Brunch passte. 12. vielleicht auch 13. Jahrhundert, möglicherweise aber auch früher und sehr edel.

Er hob die kleine Öllampe hoch, um Majas Gesicht erkennen zu können, wobei sich seins in völliger Verblüffung verzog. „Habt Ihr ihm denn nicht gesagt, wer Ihr seid?"

Maja schüttelte den Kopf. „Er hat mir doch gar keine Chance gelassen." Dabei lief das Räderwerk in ihrem Kopf auf Hochtouren. Mit wem hatte sie das Vergnügen? War es Nico oder eine seiner Erscheinungsformen? Was werde nun geschehen? „Es ist sicher besser, wenn keiner weiß, dass ich bei Euch bin", fügte sie schnell hinzu.

„In zwei Tagen wird es sowieso jeder wissen. Oder wollt Ihr auf das Vergnügen der Bärenjagd verzichten?"

„Nein, nein. Natürlich nicht", beeilte sich Maja, zu versichern.

Er lachte. „Die Königin ahnt, dass ich meine freie Zeit mit Euch verbringe. Steckte sie dahinter, hätten Euch andere gefangen genommen, als dieser Tölpel von Proviantmeister. Der wird noch einmal einen Zusammenbruch erleiden, nur weil ihm eine Krähe ein Stück Brot stiehlt. Wie seid Ihr denn überhaupt in das Lager geraten?"

„Ich habe keine Ahnung." Maja hob hilflos die Hände. „Ich glaubte, im richtigen Haus zu sein."

„König Václav!", ertönte es von unten.

Majas Gegenüber sprang auf und rief hinunter: „Ich will nicht gestört werden! Du wirst ja wohl allein die paar Fässer Getreide zählen können!" Grinsend drehte er sich zu Maja um: „Wobei ich da nicht ganz sicher bin. Kommt, meine Liebe, wenn wir schon das große Glück haben, dass wir fast allein sind, dann sollten wir es genießen."

Er führte sie in seine Kammer. Die Gedankenschmetterlinge krochen tief in Majas Kapuze, um sich ganz, ganz still zu verhalten. Hinaus konnten sie nicht, da lagen Eis und Schnee und sie wären jämmerlich erfroren.

„Wenn Ihr Euch nur ein Mal unauffälliger kleiden würdet", murmelte Václav, der sich, mit dem Wissen von Nico, gekonnt mit den Reißverschlüssen befasste.

„Geht nicht, mein Lieber, dann falle ich meinen Leuten auf", schmunzelte Maja, seine sinnlichen Küsse erwidernd, dann fragte sie fröstelnd: „Es ist ein bisschen kühl in Eurem Kämmerchen, meint Ihr nicht auch?"

„Ich werde Euch gleich einheizen", prophezeite er, zog sie auf sein Bett, welches mehrere weich gegerbte Wolfspelze bedeckten und breitete ein riesiges Bärenfell darüber aus.

„Besser?"

„Viel besser!" Oh ja, das war die richtige Atmosphäre für ein ganz heißes Date. Zwischen seinen Trophäen der erjagten Raubtiere wurde sogar Wildkatze Maja zum Schmusekätzchen.

Seine Hände schienen überall gleichzeitig zu sein und hinterließen angenehme Spuren ihrer Wärme. Seine Lippen wanderten über ihren Körper, verweilten hier und da etwas länger, um endlich den Weg dahin fortzusetzen, wo es Maja den meisten Spaß machte.

Sie bemühte sich sehr, ihre wilde Lust nicht zu laut kundzutun, worauf Václav flüsterte: „Der

Kerl da draußen ist so dämlich, der würde glatt glauben, dass ich Euch hart verhöre und Ihr deswegen so stöhnt. Tut Euch also keinen Zwang an."

Maja folgte seinem Rat und auf dem Hof bekreuzigte sich der Proviantmeister, in der Annahme, er müsse nach dem „Verhör" eine Leiche entsorgen.

Václav zierte das Lächeln eines Siegers, als sie ihn rittlings zu höchsten Höhen brachte. „Ihr seid die wundervollste Beute der diesjährigen Jagd. Ich möchte Euch das am liebsten früh, mittags und abends beweisen."

„König Václav, König Václav! Der Tross der Königin naht!"

„Ach herrje! Rasch! Zieht Euch an!" Und aus dem Fenster: „Ich komme schon!"

Maja schlüpfte mit fliegenden Händen in ihre Kleider, schaute, ob sie auch nichts vergessen habe, und schlich hinter Václav eine schmale Stiege hinunter. Er öffnete eine Tür, schob sie hinaus und wisperte: „Wartet da vorn, bei meinem Pferd bis die Reiter im Hof sind, dann lauft!"

Maja drehte sich noch einmal zu ihm um ... und stand in der Magdalenenburg vor den alten Brunnenfässern.

Alle an Bord?

Alle da, erwiderten die Schmetterlingsgedanken, noch halb erstarrt, weil es in der Kapuze nicht so warm, wie unterm Bärenfell, gewesen war.

Maja grinste vergnügt. Sie hatte nicht geahnt, auch hier auf Přemysliden zu treffen, und schon gar nicht, auf den König. Václav I. Jednooký oder auf Deutsch Wenzel I. Přemysl, war 23 Jahre lang König von Böhmen gewesen. Von ihm stammte die erste Erwähnung der Burg auf dem Tafelberg Königstein.

Warum nennt man ihn „Jednooký, den Einäugigen", fragten die Falter, die ihn ja nicht gesehen hatten.

Weil er auf der Jagd ein Auge verloren hat, erklärte Maja. *Er ist ein begeisterter, ja fast fanatischer Jäger.*

Und die Königin? Der Distelfalter schaute Maja groß an.

Seine Frau, Sophie, will vielleicht auf dieser Jagd kitten, was nicht mehr zu kitten geht. Sie ahnt noch nicht, dass er sie in wenigen Wochen wegen Kinderlosigkeit verstoßen wird.

Der Distelfalter stutzte: *Ist sie nicht eine byzantinische Prinzessin?*

Richtig, mein Bester, aber auch das schützt nicht davor, unglücklich zu sein. Es wird auf alle Fälle eine Menge politische Turbulenzen geben. So wird Václav

1230 in Österreich einfallen und es schließlich auch bekommen.

Und Maja immer mittendrin, schmunzelte der Schwalbenschwanz.

Ist wohl mein Schicksal. Sie gesellte sich wieder zu ihrem Begleiter, dem ihr Zeitsprung gar nicht aufgefallen war.

„Ich glaube, wir sollten langsam zum Lift gehen", schlug sie vor und so begaben sie sich eine Etage tiefer, dahin, wo auch das Buffet aufgebaut gewesen war.

„Ooooops! Hier ist der Zugang verwehrt", stellte Maja nach kurzem Blick ins Haus fest. „Wir müssen wieder nach ganz oben!"

Also drehten sie etwas unfreiwillig noch eine viertel Runde durch das Gelände.

„Ach du Schreck! Sie hatten recht, dass wir lange anstehen würden!", staunte der ältere Herr, denn eine ganze Flotte von Rollatoren-Senioren stand schon Schlange. Damit war dann auch klar, dass aus Platzgründen jedes Mal nur die Hälfte der zugelassenen Personenzahl einsteigen konnte.

Es war trotzdem noch genügend Zeit. Selbst die finsteren Wolken, die sich ganz langsam aus der Ferne heranschoben, konnten ihnen sicher nichts mehr anhaben.

Der Bus erschien pünktlich und auch die allerletzten beiden Nachzügler, kamen Punkt um zur vereinbarten Zeit. Man konnte also nicht schimpfen, auch wenn alle anderen schon eine Viertelstunde vorfristig ihre Plätze eingenommen hatten.

Mit der Abfahrt setzte der Regen ein, als wolle der Wettergott zu Maja sagen: Du hattest deinen Spaß, jetzt bin ich wieder dran.

Wusstest du eigentlich, dass Eberstein gar nicht Eberstein hieß und auch nicht adlig war? Der Trauermantel schaute zur Festung zurück.

Ja. Aber das Leben geht manchmal seltsame Wege und er hat das Beste daraus gemacht. Herr Kersebeher hat sich hochgedient, war fleißig, zur richtigen Zeit am richtigen Ort und hat die richtigen Leute getroffen. Mann kann es auch als Niemand zu etwas bringen, wenn man das entsprechende Quäntchen Glück hat.

Und du? Die Falter schauten Maja mitleidig an, die gerade sehr traurig wirkte.

Ich bin wohl immer zur falschen Zeit am falschen Ort. Aber Nico ...

Sofort kam Leben in Majas Augen. *Das ist was anderes! Er ist meine große Leidenschaft, da bin ich immer auf den Punkt richtig. Aber eben auch immer nur das 5. Rad am Wagen, und nie das Steuerrad. Ach, was soll es! Ich ziehe es vor, die Geliebte eines Herrschers zu sein, statt sein Hofnarr. In lapide regis, auf dem*

Stein des Königs, war es heute jedenfalls umwerfend schön. Ich werde heute Abend noch die Bilder sichern und meinen Koffer für morgen packen.

Ach ja, für die Harzer Weihnachtsmärkte, stöhnten die Falter.

Mal wieder Weihnachten in Wernigerode

Am nächsten Morgen zog es Maja erneut vor, zum Busbahnhof zu laufen. „Ich habe keine Lust, irgendwem für die paar Kilometer Geld in den Hintern zu blasen", kommentierte sie es auf die fragenden Blicke der Gedankenschmetterlinge. „Für die eingesparten zwei Euro zwanzig für einen Stundenfahrschein oder gar zehn Euro fürs Taxi kaufe ich mir lieber was Leckeres auf den Weihnachtsmärkten."

Das Köfferchen war nicht schwer, zur Not konnte man es rollen und das Wetter spielte auch wieder mit. Stellenweise waren die Gehwege ein bisschen glatt, aber durchaus mit gutem Profil passierbar.

Und wieder war von den Krähen am Busbahnhof nichts zu sehen, dafür umso mehr zu hören. Die schienen sich irgendwo in der Innenstadt herumzutreiben, wo sie etwas Interessantes entdeckt haben mussten.

Was, das sollte Maja erfahren, als sich der Reisebus, der wieder superpünktlich erschienen war, genau dahin in Bewegung setzte. Ein ganzer Schwarm Krähen hüpfte zwischen den Glassplittern einer zerstörten Werbetafel umher, wobei die Vögel wirkten, als begutachteten sie den Schaden.

Da geht die Laune gleich ein paar Grad in den Keller, grollte Maja. *Seit Tagen ziehen hier irgendwelche Idioten durch die Gegend, die alles zerstören, was aus Glas ist: Telefonsäulen, Buswartehäuschen und Werbetafeln. Da könnte glatt meine Horrorader durchkommen, und ich mir wünschen, dass die Krähenschwärme die Randalierer zur Strecke bringen mögen.*

Die Schmetterlinge zogen erschreckt die Köpfe ein.

Majas Laune besserte sich schnell, als die ersten Krähen auftauchten, die paarweise die Felder neben der Autobahn nach Futter absuchten. Nicht einmal der Plappersack, der genau hinter ihr saß, und jeden Meter Strecke kommentieren musste, störte sie.

Leider fiel hin und wieder das Mikrofon der Reiseleiterin aus und Maja überbrückte die Zeit, indem sie die Elstern beobachtete, die heute auch alle zu zweit unterwegs waren. In der klaren Winterluft fiel ihr zum ersten Mal auf, wie viele Windparks sich links und rechts der Autobahn erstreckten, so weit das Auge überhaupt reichte, und wie furchtbar diese die Landschaft entstellten.

Ist das hässlich, ließen sich sogar die Schmetterlinge hören.

Ich weiß nicht, ob es für hier eine bessere Alternative gäbe, seufzte Maja. *Ich habe mal in einer Reportage rotierende Säulen gesehen, die viel kleiner, aber auch viel effizienter waren. Es hat ja nicht jeder Flüsse und Bäche, wie Südtirol, wo man die Wasserkraftwerke gut versteckt anlegt, ohne mit ihnen die Landschaft zu verschandeln.*

Nach der Rast kam die Sonne richtig heraus und Maja stellte sich die 60 Burgen und Burgruinen an der Saale vor, von denen die Reiseleiterin soeben sprach.

Majas genüssliches Lächeln konnten auch nur jene Schmetterlingsgedanken deuten, denen sie am Hohen Schwarm in Saalfeld plötzlich in ein anderes Jahrhundert entwischt war.

Auf der zukünftigen Nordharzautobahn, die jetzt noch eine Bundesstraße war, ging die Reise weiter. Am 01. Januar 2019 sollte die B6 offiziell zur Autobahn erklärt werden, um mehr Touristen in den Harz zu locken. Die gelben Bundesstraßenschilder mussten also Stück für Stück in blaue Autobahnschilder umgetauscht werden. Es war die Rede von rund zwei Millionen Euro.

In der Höhe von Aschersleben erzählte die Reiseleiterin über das dortige Kriminalpanoptikum.

Wäre bestimmt auch mal ganz interessant, wisperte der Schwalbenschwanz.

Maja nickte. Man musste nicht unbedingt Krimis schreiben, um sich so etwas anzuschauen. Dabei hatte sie weniger die Folterinstrumente im Sinn, die dort ausgestellt wurden.

Aha, dann sind es also die Hand- und Fußfesseln, mutmaßte der Distelfalter, worauf der Schwalbenschwanz in Gelächter ausbrach. *Seit wann steht sie auf Sado-Maso?*

Maja fiel in das Gekicher ein, als die Flügel des Distelfalters einen deutlichen Rotton annahmen.

Der arme Kerl war heilfroh, dass plötzlich jemand aus dem Bus fragte, was das denn für komische Nester überall an den Bäumen, wären.

Der Zitronenfalter schaute ungläubig. *Die haben wohl noch nie Misteln gesehen?*

Scheint so, gab Maja mit unbewegtem Gesicht zurück. Sie konnte sich auch nicht vorstellen, dass jemand nicht wusste, worum es sich handelte. Spätestens seit Asterix musste man davon gehört haben, dass der Druide Miraculix Misteln auf Bäumen schnitt. Oder auch der Brauch, sich zu Weihnachten unter einem Mistelzweig zu küssen, war ja nicht neu. Man konnte Mistelzweige in der Weihnachtszeit inzwischen in fast jedem Blumenladen kaufen. Selbst auf dem Weihnachtsmarkt der Festung Königstein konnte man sie erwerben.

Verständlich wäre ihr hingegen erschienen, dass nicht jeder wissen musste, warum Misteln auch leicht giftig sein konnten und sich dies nach der Wirtspflanze des Halbschmarotzers richtete.

Ehe Maja wirklich ins Grübeln kam, erreichten sie die Teufelsmauer und die Reiseleiterin erzählte eine der zahlreichen Sagen über die Entstehung. Um den begehrten Sandstein vor dem Abbau zu bewahren, wurde das Gebiet bereits seit 1833 unter Schutz gestellt.

Hier gibt es bestimmt auch unzählige Schmetterlingsarten, sinnierte das Tagpfauenauge.

Sicher, bestätigte Maja. *Nur sind die bestimmt nicht so verrückt wie ihr.*

Oder noch schlimmer, kicherte der Distelfalter, *weil ihnen der Teufel ins Gehirn gehustet hat.*

Ach? Und wer war es bei euch? Maja grinste harmlos.

Na wer wohl? Der Schwalbenschwanz feixte sich eins. *Du! Immerhin sind wir ein Teil deiner Gedanken. Und wenn du uns schon als verrückt hinstellst, möchte ich nicht wissen, wie es noch in deinem Kopf aussieht.*

Ohohohooohaaaaaaa! Der Distelfalter machte sich ganz klein, wie auch die anderen Falter. Sicher gab es gleich Saures von Maja.

Sie versteckten sich umsonst, denn Maja lachte vergnügt, und teilte dem Schwalbenschwanz mit, dass man diesen Zustand dann als bunte Knete im Gehirn bezeichne.

Hast du das gerade gehört? Der Zitronenfalter zupfte Maja am Ärmel. *Wir fahren am Montag nach Quedlinburg! Nix mit Advent in den Höfen!*

Wer weiß, wozu es gut ist, gab Maja zurück und lauschte den Worten der Reiseleiterin, die den Tagesplan bekannt gab. Das erste Etappenziel war Wernigerode und dort begann der Tag mit der Freizeit, ehe man als geteilte Gruppe mit zwei Stadtführern auf Erkundung gehen konnte.

Wieder mal halbseidenes Wetter, grummelte der Trauermantel.

Maja zuckte mit den Schultern. *Macht nichts. Ich habe Regenschirm, Kapuze, Nässeschutzüberzug für die Stofftasche und kopfsteinpflastertaugliche Winterschuhe.*

Dabei war das Wetter gar nicht so übel. Bis auf genau den Moment, als sich Maja eine Thüringer Rostbratwurst auf dem Weihnachtsmarkt vor dem Rathaus holte. Da begann es nämlich zu nieseln und hörte erst wieder auf, als sie den letzten Bissen in den Mund schob.

Das war jetzt wohl der Ausgleich dafür, weil Petrus auf dem Königstein stillgehalten hat, witzelte sie, zückte ihre Kamera und tigerte kreuz und quer durch das historische Zentrum, wo sie all das aufnahm, was sie sich nach dem letzten Besuch noch einmal genauer anschauen wollte. Sie lag auch recht gut in der Zeit, sodass sie einen Abstecher in Richtung Schloss machte, um zu erkunden, was es auf dem Berg noch zu sehen gäbe.

Schade, dass wir nicht zum höchsten Punkt der Stadt wandern können, seufzte sie, den Brocken nicht namentlich nennend.

Ist auch besser, kicherte der Schwalbenschwanz, *die würden dich glatt als Hexe dortbehalten.*

Au weia, wisperte der Distelfalter. Er hatte noch immer Mühe, sich an die flapsigen Sprüche des 21. Jahrhunderts zu gewöhnen.

Maja grinste nur breit. *Ist euch eigentlich aufgefallen, dass die lebensgroße Hexe auf dem SR2 vor dem einen Geschäft in diesem Jahr nicht ganz so cool aussieht, wie 2017?*

Vielleicht solltest du dich draufsetzen?! Der Schwalbenschwanz duckte sich lachend in Majas Kapuze. Dann kam er wieder hervor, berührte sie sacht an der Wange, als wolle er sie streichelnd um Verzeihung bitten. *Ja, du hast recht. Die alte Hexe war witziger und wirkte echter. Aber ich glaube, du solltest dich auf den Rückweg machen. Die Stadtführer kommen in ein paar Minuten.*

Neues Jahr, neues Glück, wisperte Maja erfreut, als ihre Gruppe loszog. Es war ein anderer Führer, der eine andere Strecke ging, auch noch auf der anderen Seite der Stadt, zur langen Hauptstraße betrachtet.

Natürlich war auch das im Programm, was der Wernigerode-Tourist unbedingt gesehen haben muss, wie das Krummelsche Haus, das Rathaus, der wundervolle Brunnen auf dem Platz davor oder das Schiefe Haus.

Diesmal besuchten sie aber auch das Kleinste Haus, das im späten 18. Jahrhundert in die 2,95 Meter schmale Lücke zwischen zwei Häusern gequetscht worden war. Heute beherbergt es ein kleines volkskundliches Museum. Kaum zu glauben, dass in dem winzigen Häuschen bis zu elf Personen gleichzeitig gelebt haben. 1976 sollen die letzten Bewohner ausgezogen sein.

Wärst du lieber die andere Strecke gegangen, fragte der Schwalbenschwanz, weil Maja immer wieder in die Richtung des Schlosses schaute.

Ich weiß es nicht. Für meine Recherchen ist diese Tour besser. Ob sich auf der anderen Route heute das Portal zu Nico geöffnet hätte, ist auch ungewiss. Maja schenkte dem Schmetterling ein winziges Lächeln. *Ein bisschen habe ich aber schon gehofft, dass irgendwas geschieht.*

Bevor sich alle trennten, um noch ein wenig herumzuflanieren, besuchten sie den Kunsthandwerkerhof. Maja, immer auf der Jagd nach

45

besonderen Stricknadeln oder Wolle, freute sich auf den erneuten Besuch.

Ob die Geschichte stimmte, dass Goethe einst den seltenen Weinstock im Innenhof „gewässert" habe, war ihr ziemlich egal. Die extrem seltene Sorte „Blaufüßig drehende Wanderranke" war auch so mehr als einen Besuch wert.

Um in den Handwerkerhof zu gelangen, mussten sie wieder den Durchgang passieren, der beidseits von goldenen Schuhen gesäumt war. Hin und wieder stolperten Leute darüber, die in die Luft statt auf den Weg vor sich geschaut hatten. So auch ein älterer Herr, der einen High Heel regelrecht davon kickte. Der Schuh knallte irgendwo hinter Maja auf etwas Hartes. Der Aufprall klang, als habe jemand mit voller Kraft eine Tür zugeschlagen. Maja schaute sich neugierig um. Irgendjemand hob das hochhackige Geschoss soeben auf, um es wieder an seinen Platz zu bringen.

Noch im wieder Umdrehen machte sie die letzten Schritte in den Hof, um erstaunt stehen zu bleiben. Statt des Tageslichtes umfing sie eine sternenklare Nacht. Eine Gestalt in einem dunklen Umhang löste sich von der hölzernen Außentreppe rechts neben ihr. „Ihr kommt spät, meine Liebe. Ich hoffe, dass es keine neugierigen Gaffer gibt, weil ich die Kutschentür versehentlich wohl etwas fester geschlossen habe, als angebracht gewesen wäre." Der amüsierte Unterton ließ Maja aufhorchen. Mit welchem der Herren von Wernigerode sie es diesmal zu tun hatte, konnte sie wegen des Umhangs nicht sehen. Der verdeckte die Kleidung perfekt. Auch an der Kutsche, zu der er sie führte, bekam sie nicht mehr heraus. Die stand so nah am Ausgang, dass sie direkt von der Tür aus hinein steigen konnte.

„Johann, fahr irgendeine Runde!", rief Majas Begleiter dem Kutscher zu und erklärte ihr: „Im Schloss tagt die Familie. Ich habe mich nur mal kurz aus dem Staub gemacht, um Eure Sehnsucht zu stillen."

„Oh." Die Familie wollte weder Maja kennenlernen noch umgekehrt.

Parkplatzsex, hörte sie den Schwalbenschwanz kichern und musste grinsen, weil das die Situation fast perfekt umschrieb.

„Ist er vertrauenswürdig?" Maja zeigte auf den Kutschbock.

„Wäre ich sonst hier? Zudem hattet Ihr kürzlich, schon das Vergnügen."

„Richtig." Maja lächelte behaglich, weil sie augenblicklich voll im Bilde war. 1497. Graf Heinrich zu Stolberg und Herr zu Wernigerode, mit gerade 30 Jahren in der Blüte seiner Manneskraft, werde das kurze Treffen wieder zu einem Feuerwerk der Gefühle machen.

Das bewies er auch im nächsten Augenblick, denn er hatte sich die Funktionsweise der Reißverschlüsse bestens eingeprägt. Maja merkte nicht einmal etwas von der Kälte des Abends. Graf Heinrich kniete vor dem Sitz und ließ seine Zunge zwischen ihren Schenkeln auf Wanderschaft gehen. Wenig später zog er Maja auf seinen Schoß, um ebenfalls Erfüllung zu finden.

„Ich muss Euch so schnell wie möglich wiedersehen!", flüsterte er.

Der Kutscher rief nach hinten: „Der Nachtwächter wird gleich die Straße passieren."

„Halt an! Wir gehen das letzte Stück zu Fuß!"

Maja beeilte sich, ihre Kleidung zu ordnen, da stoppte der Wagen, Graf Heinrich half ihr heraus und zog sie in den Durchgang zwischen zwei Häusern. Der Nachtwächter ging vorbei, ohne die beiden zu bemerken.

Heinrich drückte Maja an die Wand, um sie noch einmal heiß und besitzergreifend zu küssen. Dabei stießen sie ein auf einem Steinsockel abgestelltes Fass um, welches umkippte und mit einem ohrenbetäubenden Knall zerbarst.

Maja fuhr entsetzt herum – und stand im Durchgang zum Kunsthandwerkerhof, wo gerade der goldene Stiletto wieder an seinen alten Platz getragen wurde. Sie fasste sich ans Herz. *Ich glaube, ich muss mich erst mal sammeln und neu orientieren.*

Wundert mich nicht, bei so viel Kreativität, grinste der Schwalbenschwanz, womit er ganz eindeutig nicht die kunsthandwerklichen Objekte meinte.

Alter Spanner, gab Maja theatralisch entrüstet zurück.

Edelfalter, aus der Familie der Ritterfalter, meine Teuerste, berichtigte der Schmetterling noch immer grinsend im Tonfall Heinrichs. *So viel Zeit muss sein.*

Au weia, wiederholte der Distelfalter zum wer weiß wievielten Mal. Der Schwalbenschwanz neckte Maja am laufenden Band, nur es gelang ihm nicht, sie wirklich aus der Reserve zu locken. Wenn sie allerdings sammelte, um sich dann mit einem Mal zu revanchieren, dann gute Nacht!

Wisst ihr was? Wir treten den Rückweg an. Ich hole mir noch eine Tafel Schokolade, präge mir da, wo auch die Toiletten sind, ein Stockschild und dann ab zu Bus. Maja schlug zielstrebig den Weg zum Busparkplatz ein. Natürlich blieb sie noch einmal bei der lebensgroßen Hexe stehen, um sich zu vergewissern, dass die von 2017 wirklich lebensechter ausgesehen hatte.

Pünktlich ging die Reise weiter nach Goslar.

Goslar für Wiederholungstäter

Hier war für den Nachmittag individuelle Freizeit angesagt, weil erst am nächsten Morgen Stadtrundfahrt und Führung stattfinden sollten.

Absolut perfekt, freute sich Maja und tigerte los. Die paar Regentropfen, die sich aus den Wolken wagten, konnten ihr die Laune nicht wirklich vermiesen. Auf dem Weg zum Weihnachtsmarkt fotografierte sie, was sie im Vorjahr nicht scharf ins Bild bekommen hatte, las in Ruhe die Erklärungstafeln, schnüffelte hier, schnüffelte da und kaufte sich eine Tüte Quarkgebäck, das so verführerisch duftete, dass sie gar nicht vorbeigehen konnte. Abendbrot im Hotel hin oder her.

Holst du dir heute gar keinen Glühwein? Die Gedankenfalter sahen Maja ungläubig an.

Nein, heute wird Gebäck genascht. Ich werde mir aber auf den wundervollen Tag ein Glas Rotwein im Hotel genehmigen. Ich halte eher nach einem Drachen aus Holz, Keramik oder oder Glas Ausschau.

Am ehesten, so war sie sicher, werde sie im oder um das Haus *Des Großen Heiligen Kreuzes* fündig werden, denn da gab es Kunsthandwerker und ein Glasstudio. Sie begann damit, sich die Verkaufsstände im Handwerkerhof anzuschauen, und wechselte dann zum Glasstudio hinüber.

Oha! Es gab Drachen. Es gab sogar ganz wundervolle Drachen, sowohl aus Holz als auch aus Glas. Maja schlich ewig um die Vitrinen, dann gab sie auf. Das, was sie hätte von ganzem Herzen haben wollen, war zu groß, um es auf einer Busreise im Handgepäck mitzunehmen.

Wer weiß, wozu es gut ist, wisperte der Schwalbenschwanz und Maja gab ihm recht.

Dann kaufe ich mir im anderen Gebäude doch noch ein paar Ohrringe, gab Maja bekannt, den Weg zum Handwerkerhof einschlagend.

Aber auch dazu sollte es nicht kommen. Sie erspähte nämlich plötzlich ein Museum, das geöffnet hatte. Auf der allerersten Stufe der steilen Holztreppe fuhr Maja plötzlich ein Schmerz ins Hüftgelenk, der sie wie eine alte Frau hinauf kraxeln ließ.

Hexenschuss kann es nicht sein, konstatierte der Schwalbenschwanz mit todernster Stimme. *Die schießen nicht auf ihre eigenen Leute.*

Von oben wurde sie auch mit einem halb amüsierten, halb mitleidigen Grinsen beobachtet. „Na, junge Frau, das habe ich auch schon schneller gesehen!", schmunzelte der Museumswärter.

„Glaub ich gern", feixte Maja. „So alt, wie ich mich im Augenblick fühle, werde ich bestimmt nicht. Ein Wunder, dass ich es überhaupt hier hoch geschafft habe. Aber für den Gnadenschuss sind Sie ja bestens ausgerüstet."

Kein Wunder! Schließlich befand sie sich in der Erinnerungsstätte der Goslarer Jäger, wo seit 1989 militärhistorische Exponate ausgestellt werden. 200 Jahre hannoversch-englische und deutsche Wehrgeschichte sind hier am Beispiel des Jägerbataillons nachzuverfolgen. Viele bekannte militärische Persönlichkeiten hatten bei den Goslarer Jägern gedient und sich Majas Besuch hier wirklich gelohnt. In vielerlei Hinsicht. Denn das kleine Wortgeplänkel bei der Begrüßung hatte den Effekt, dass Maja am Ende eine Tasche voll Infomaterial mit sich trug, um noch einmal ganz in Ruhe über alles nachlesen zu können.

Die Treppe kam sie leichter hinunter, als hinauf, wobei das eher der Tatsache zu verdanken war, dass sie die Zähne zusammenbiss.

Der Kirchturm hat sich ja dann wohl erledigt, murmelte der Distelfalter, weil Maja ganz erhebliche Schmerzen zu haben schien. Zumindest wies das deutliche Hinken darauf hin. Der Gedankenschmetterling meinte den 66 Meter hohen Nordturm der Marktkirche, den man über 232

Stufen besteigen konnte. Maja hatte sich eigentlich darauf gefreut, denn es gab hier viel zu bestaunen, aber auch das sollte wohl heute wieder ausfallen.

Es geht einfach nicht, grummelte Maja, die nicht wusste, ob sich irgendwohin setzen oder lieber weiterlaufen sollte, bis der Schmerz nachließ. *Ich schleiche jetzt zum Parkplatz und dann sehen wir weiter.*

Vielleicht musst du doch mal für ein paar Tage nach Goslar fahren, schlug der Zitronenfalter vor.

Ja, dann könnte ich auch ganz in Ruhe die Ausstellungen in der Kaiserpfalz besichtigen, seufzte Maja. *Für jetzt ist mir die Zeit zu kurz. Ich werde nur einen kurzen Blick hinein werfen und schauen, was es an Informationen zu erhaschen gibt.*

Das imposante Gebäude an sich lockte Maja. Aber vielleicht war es ja auch das Reiterstandbild von Kaiser Friedrich I., genannt Barbarossa, über den sie immer wieder bei ihren Streifzügen stolperte.

Der Distelfalter seufzte. *Hättest sein Haus- und Hofdichter bleiben sollen, Knappe Maximilian.*

Ja, dann wäre einiges anders gekommen, bestätigte Maja, *aber nicht unbedingt zu meinem Vorteil.*

Sie betrachtete das Gesamtensemble der Kaiserpfalz sehr nachdenklich. Sie konnte sich vorstellen, wie beeindruckt die Menschen des 11. Jahrhunderts von diesem gewaltigen Bauwerk gewesen sein mussten, wenn sie schon kaum aus dem Staunen heraus kam.

Die Ersten steigen in den Bus, gab der Zitronenfalter plötzlich bekannt.

Das sollte ich auch tun, erwiderte Maja. *Morgen früh ist doch großer Stadtrundgang, da möchte ich wieder fit sein.*

Diesmal konnte sie auf der Strecke nach Goslar-Hahnenklee, wo das Hotel auf die Reisenden wartete, auch mehr sehen, als meterhohe geschlossene Schneedecke wie ein Jahr zuvor. Das machte neugierig auf die Rückfahrt am nächsten Tag, denn die Dunkelheit verschluckte langsam auch die Details.

Im Hotel kannte sie sich aus, wusste, dass Selbstbedienung am Buffet herrschte und man im Notfall improvisieren musste. So nahm sie es nicht tragisch, dass es plötzlich keine Weingläser mehr gab. Der Rotwein schmeckte auch aus einem großen Saftglas.

Am Tisch staunten alle, was sie denn für wundersamen Saft habe. Als sie das Geheimnis verriet, sprangen einige auf und taten es ihr gleich. Sie hatten alle die Weingläser vermisst. Man war sich rasch einig, dass es ausschließlich auf den Inhalt ankam, zumal man ja nicht in einem 5-Sterne-Haus war. Maja brachte mit ihrer unbekümmerten Art so einige zum Lachen. Und irgendwann lüftete sie auch noch das Geheimnis um ihre Bücher und verteilte ein paar Visitenkarten, die wirklich rein zufällig in einer ihrer vielen kleinen Außentaschen der Handtasche steckten.

Ich dachte, du hast gar keine mit, staunte der Schwalbenschwanz.

Da sind wir schon zwei, lachte Maja. *In irgendeinem Winkel schlummert wohl immer irgendwas, zumal ich ja die Tasche nie völlig ausleere.*

Nach dem heißen Duschen kroch Maja ins Bett und schlief auch schnell ein, zumal diesmal kein Sturm in den Schächten der Lüftungsanlagen jammerte.

Morgens wurde sie vom Wasserrauschen in den umliegenden Zimmern munter und wunderte sich, weil sie ja sonst immer als Erste auf den Beinen war. Ein Blick auf den Handywecker, ließ sie hellauf lachen. Sie hatte Sonntag eingestellt, es war aber Montag. Alles kein Problem, sie hatte am Vorabend schon gepackt und konzentrierte sich jetzt ausschließlich auf die Körperpflege vor dem Frühstück.

Immer noch kreuzlahm? Der Schwalbenschwanz hockte auf der Kulturtasche und beobachtete besorgt Majas vergebliche Versuche, ein herabgefallenes Wattestäbchen aufzuheben.

Als sie es endlich in der Hand hielt, war sie schweißüberströmt. *Ich glaube, mich hat es richtig blöd erwischt.* Das hielt sie aber nicht davon ab, die Treppe zu nehmen, um in den Speisesaal zu gelangen. *Irgendwann muss sich das doch mal wieder einrenken!*

Das tat es auch. Als sie später beim Auschecken mit dem Koffer in der Hand eine Stufe verfehlte und sich gerade noch so abfangen konnte. Ein kurzer stechender Schmerz, dann hätte Maja wieder Bäume ausreißen können. Auf alle Fälle hätte es für vier Tage alte Setzlinge gereicht, wie der Schwalbenschwanz feixend verkündete.

Du wirst noch so lange machen, bis sie dich mit der erstbesten Fliegenklatsche erlegt, oder sie dich an ihre Carnivoren verfüttert, mahnte der Distelfalter. *Die Kannenpflanze schluckt auch größere Brocken.*

Der Schwalbenschwanz lachte herzlich. Wäre Maja wirklich sauer, dann hätte sie ihn in eine Distel verwandelt. Aber das war schon seit Jahren nicht mehr vorgekommen. Man war aufeinander angewiesen.

Maja bekam von dem Wortgeplänkel nichts mit, die stand am Bus Schlange, um ihren Koffer für die Heimfahrt im richtigen Frachtfach verstauen zu lassen. Dann nahm sie ihren Platz ein und freute sich auf Goslar.

Wieder wurden die Reisenden in zwei Gruppen geteilt und Maja strahlte schon beim Aussteigen über das ganze Gesicht. Hier hatte sie den gleichen Stadtführer wie im Jahr zuvor, der mit lustigen Sprüchen aufgetrumpft hatte, und der sich auch noch gut an die neugierige Schriftstellerin erinnern konnte. Wenn ein Tag so begann, dann musste er umwerfend schön werden.

Erster Programmpunkt war die Kaiserpfalz mit all ihren Geheimnissen und Schönheiten. Zu den beiden Reiterstandbildern der Kaiser Barbarossa und Wilhelm I. fiel Maja der Spruch ein, den sie irgendwo einmal gelesen hatte: „Der Weißbart auf des Rotbarts Thron." Nicht umsonst findet man auch beide auf dem Kyffhäuser vereint.

Mit Barbarossa verband man stets das wahre deutsche Kaisertum und wartete, der Legende nach, darauf, dass er wieder erwachte. Sogar der ewig witzelnde Schwalbenschwanz lauschte den Erklärungen.

Peter Schenning, ein Goslarer Unternehmer und Kunstliebhaber hatte die Idee, wie man das Mittelalter und die Neuzeit zusammenführen könne. Er gründete ein Verein, der die moderne Kunst fördern, und einen internationalen Preis vergeben sollte, den Kaiserring. In dieses begehrte Kleinod aus Gold und Aquamarin ist das Siegel Heinrichs IV. eingraviert.

Woran denkst du? Die Gedankenfalter scharten sich um Maja, die langsam der Gruppe folgte, sich aber immer wieder zur Kaiserpfalz umdrehte.

Ich habe gerade das Gefühl, als dringe der Hauch einer alten Zeit durch einen Türspalt.

Lass das Tor, bettelten die Schmetterlinge. *Wir spüren es auch, es fühlt sich aber gar nicht gut an.*

Genau deshalb zögere ich ja. Maja schloss zur Gruppe auf.

Die meisten Gebäude und Verzierungen begrüßte sie schon als alte Bekannte. So auch den Dukatenkacker an der Fassade am Marktplatz. Durch den Weihnachtswald, der jedes Jahr künstlich aus Fichten angelegt wird, gelangten sie schließlich auch zur Münzgasse, wo sich zwei Dachfirste der Fachwerkgebäude fast berühren.

Da kann man gut fensterln, grinste der Schwalbenschwanz, bevor der Stadtführer einen ähnlichen Spruch zum Besten gab.

Das lohnt sich aber nur, wenn die Nachbarin hübsch ist, warf der Distelfalter ein.

Der Trauermantel schüttelte pikiert den Kopf.

Maja schmunzelte still vergnügt in sich hinein, als der Schwalbenschwanz wisperte: *Wäre das nicht die ideale Konstellation für dich und Nico?*

Sie verstaute die Kamera in der Manteltasche. *Ich wäre ja schon glücklich, ihn jeden Monat wenigstens ein Mal sehen zu können.*

Vorbei am Großen Heiligen Kreuz ging es zurück zum Parkplatz, um die Rundfahrt bis zum Bergwerk am Rammelsberg mit dem Bus zu machen. Die riesige Anlage beeindruckte Maja immer wieder. Sie liebte es, in Stollen und Höhlen herumzuwandern. Wie gern wäre sie einmal zu Barbarossahöhle gefahren, nur dazu reichte bisher nie die Zeit.

Dann hast immer was, was du dir wünschen kannst. Das ist doch auch nicht schlecht, versuchte der Zitronenfalter, sie zu trösten.

Er bekam ein verschwörerisches Blinzeln als Antwort. Dann betrachtete Maja interessiert die äußeren Wehranlagen, über die der Stadtführer soeben berichtete. Mauern, Türme, Gräben – jeder Stein atmete Geschichte. Zurück auf dem Parkplatz verabschiedete sich der Stadtführer und der Bus rollte mit Ziel Quedlinburg davon.

Quedlinburg mit Hindernissen

Auch Busnavis können Biester sein. Besonders dann, wenn sie ein solch großes Gefährt zu einer winzigen Brücke lotsen, wo selbst ein PKW Probleme hätte. Verständlicherweise angesäuert, wendete der Fahrer, um zu den breiten Zugängen zur Stadt zu gelangen. In der Nähe des Heinrich-Brunnens hielt der Bus schließlich und alle folgten der Reiseleiterin ins historische Zentrum.

Maja hatte ihren alten Stadtplan eingesteckt, um sich nicht nur direkt am Markt zurechtfinden zu können. Immerhin war Montag, die Adventshöfe geschlossen, aber die Geschäfte geöffnet. Mittags, darauf freute sie sich sehr, wollte sie sich ein Stück Honigfleisch auf dem Weihnachtsmarkt holen.

Aber irgendwie war der Wurm drin. Sie tigerte durch sämtliche Geschäfte, ohne fündig zu werden, und am Ende war auch der Honigfleischmann gar nicht da. Sie drehte sogar mehrmals die Runde durch alle Gassen des Weihnachtsmarktes, in der Hoffnung, seinen Stand zu finden. Nichts. Gar nichts. Dann eben Bratwurst! Die gab es reichlich, in verschiedenen Varianten.

Zeit war auch noch genügend bis zum Treffen vor dem Café, in welchem auch Baumkuchen gefertigt wurde, und Maja beschloss, sich bis dahin die Sankt Benedikti Kirche von innen anzuschauen.

1173 war sie ursprünglich geweiht worden und zeigte noch heute romanische Bauelemente. Der spätgotische Chor stammt aus dem 15. Jahrhundert. Beide Türme der Kirche hatten 1901 gebrannt und sind seit dem Wiederaufbau unterschiedlich hoch.

Maja kaufte ein Wachslicht, um es für jemanden zu entzünden, der ihr sehr am Herzen gelegen hatte und den sie sehr vermisste. Zudem war es für einen guten Zweck, denn der Obolus floss in die Restaurierung des imposanten Bauwerks.

Der Distelfalter tippte den Schwalbenschwanz an. *Wer war der Mann, für den sie das Licht angezündet hat?*

Er war groß, stattlich, ihr treuester Begleiter in allen Lebenslagen und hatte vier Beine, flüsterte der Angesprochene zurück.

Der Distelfalter schaute verblüfft und völlig ungläubig. Es dauerte ziemlich lange, ehe er begriffen hatte, dass Majas verstorbener Hund gemeint war.

Der Schwalbenschwanz lächelte. *Er war nun mal der Erste, der ihr eingefallen ist, als sie die Kerzen sah. Und glaube mir, das hat er verdient.*

Ich mag Maja sehr, erklärte der Distelfalter im Brustton tiefster Verehrung.

Der Schwalbenschwanz nickte. *Ich weiß. Schließlich hast du für sie alles aufgeben, was du vorher hattest, und bist ein großes Wagnis eingegangen.*

Sie krochen wieder in die Kapuze zu den anderen Gedankenfaltern, die noch immer die Kirche bestaunten.

Maja wandte sich zum Gehen, sie wollte noch einmal an den Schuhläden vorbei flanieren, obwohl sie nun wirklich nicht die große Schuhjägerin oder -sammlerin war. Für sie waren rutschsichere Sohlen wichtig, zum Wandern und zum Autofahren. Sie hatte sich ja schon in Wernigerode prächtig amüsiert, wie ihnen mehrere gut betuchte Damen in hochhackigen Stiefeln geradezu erbarmungswürdig über das uralte abschüssige Pflaster entgegen stöckelten und dabei von beiden Seiten gehalten werden mussten.

Aha! Auch noch schadenfroh, hatte der Schwalbenschwanz gefeixt und Maja ganz heftig darauf genickt.

Im Moment durchstreifte Maja noch einmal die vielen kleinen Gassen um den Markt in

Quedlinburg. Natürlich war ihr auch das Eisen-
bahn- und Spielzeugmuseum aufgefallen. Es gab
ja überall so viel zu entdecken!

Beim Blick um die Ecke sah sie die Ersten vor
der Baumkuchenmanufaktur stehen und schloss
sich ihnen an. Gegen ein Schälchen *Heeßen,* wie
man in Sachsen sagt, war jetzt nichts einzuwen-
den. Sie freute sich auch auf den Baumkuchen,
obwohl sie nie wirklich ein Fan davon werden
würde. Hier war es am Ende die Sorte mit Mar-
zipan, die sie favorisierte.

Dann schlenderten sie in kleinen Grüppchen
zum Heinrich-Brunnen zurück, wo sie auf den
Bus warten wollten. Maja lichtete noch einmal
die Bronzefiguren ab, die, auch jede für sich
genommen, eine Geschichte erzählen.

Am liebsten mochte sie die Krönungsszene,
die Heinrich beim Vogelfang zeigt, wo ihm im
Jahr 919 die Königswürde angetragen worden
sein soll.

Dieses Mal verabschiedete sich Maja ein bisschen wehmütig aus der Harzregion. Um nicht
ins Grübeln zu kommen, zählte sie wieder Rehe.
Nur waren es diesmal so viele, dass sie irgendwann nur noch beobachtete, ohne irgendwelche
Zahlen zu erheben, die bestenfalls einen Jäger
interessiert hätten.

Wisst ihr, worauf ich mich am meisten freue, fragte sie abends auf dem Heimweg vom Busbahnhof die Schmetterlingsgedanken.

Auf dein Bett!

Nee! Auf die Wartburg am nächsten Wochenende!

Die Falter ließen die Flügel hängen. Sie hatten es völlig ausgeblendet, dass ja noch eine Weihnachtsmarktreise anstand.

Déjà-vu auf der Wartburg

Genau sechs Tage später tigerte Maja wieder zum Busbahnhof. Diesmal belagerten ganze Krähenschwärme den kleinen Park gegenüber. Es waren hunderte, wenn nicht gar tausende Vögel, die dicht an dicht auf den Ästen der Bäume saßen oder in riesigen Schwärmen darüber Runden flogen. Der Lärm war unbeschreiblich.

Die Schmetterlingsgedanken hockten ganz tief ins Majas Tasche und verhielten sich möglichst still. Nur die beiden Mutigsten, der Schwalbenschwanz und der Distelfalter, schauten vorsichtig und genau so ratlos wie Maja dem Treiben zu.

Sollte ich mir jetzt wegen irgendwas Sorgen machen? Ist schon ungewöhnlich, wenn solch ein Aufgebot erscheint, flüsterte Maja irritiert.

Male bloß nicht den Teufel an die Wand, gab der Schwalbenschwanz nervös zurück.

Diesmal erschien auch nicht der Bus, sondern ein Zubringer zu Selbigem. Es dauerte eine ganze Weile, bis die wenigen Passagiere vollzählig waren. Das heißt, auch heute fehlte einer ganz, auf den man noch lange gewartet hatte. Ein paar wurden noch von anderen Zustiegs-

punkten eingesammelt, ehe es wirklich zum großen Bus ging.

Da hatte Maja die Krähenschwärme auch
schon aus ihren Gedanken verdrängt und freute
sich auf den Weihnachtsmarkt der Wartburg.
Allerdings wurde sie unterwegs immer wieder
daran erinnert, denn die schwarzen Vögel traten
heute überall in beeindruckenden Zahlen auf.

Nun mache ich mir aber doch langsam Sorgen, murmelte sie mit gerunzelter Stirn.

Eine halbe Stunde vor Ankunft auf der Burg
begann es langsam, aber in großen Flocken zu
schneien.

Da wird es wohl wieder nix mit Turmbesteigung, ließ
sich der Distelfalter vernehmen und Maja
musste ihm recht geben.

Zwei junge Frauen vom Weihnachtsmarkt-
team stiegen als *Wegelagerer* in den Bus, um den
Wegezoll, sprich das Geld für die Eintrittskarten, zu kassieren und diese gleich an die Reisenden auszuteilen. Und es schneite weiter ganz
gemächlich vor sich hin. Das veranlasste sogar
die Veranstalter, den Treppenzugang vom Parkplatz zur Burg zu sperren. Maja war das egal, sie
ging eh immer den langen Weg außen herum.

Den trat sie auch ganz energisch an, um möglichst viel von dem Tag auf der Burg zu haben.
Heute war sie auch mit einem anderen Reiseun-

ternehmen hier, als bisher, wodurch die Führung wegfiel. Sie konnte sich also die Zeit völlig frei einteilen.

Warum rennst du denn so, wenn du weißt, dass deine Pumpe spätestens am Häuschen der Kartenkontrolle am Ende ist, wollte der Schwalbenschwanz wissen.

Weil ich wieder vergessen habe, dass das so ist, erwiderte Maja kleinlaut und stellte fest, dass sie auch heute nach dem Einlass k.o. in den Seilen hing, also praktisch am hölzernen Handlauf mühsam nach Luft rang und erst einmal ein paar Minuten stehen bleiben musste.

Allerdings war sie auf den nächsten Metern keinesfalls sichtbar langsamer unterwegs. Das Honigfleisch rief wohl schon nach ihr. So bahnte sie sich unter dem Grinsen der Schmetterlingsgedanken den Weg zum Stand mit dem magischen Kessel.

„Ein Mal Honigfleisch bitte! Oh Mann, darauf habe ich mich ein ganzes Jahr lang gefreut!", strahlte sie den Koch an und bekam ein riesengroßes Stück in ein Brötchen gelegt.

Der bekam große Augen, als sich nach wenigen Augenblicken eine Schlange bei ihm bildete und alle erklärten, dass ihnen Maja schon im Bus den Mund wässrig geschwärmt hatte.

Schade, dass wir das nicht essen können, seufzte der Zitronenfalter. *Die sehen alle glücklich und zufrieden aus, nachdem sie das erste Mal hinein gebissen haben.*

Nun wisst ihr, warum ich in Quedlinburg derart lange gesucht habe und schließlich am Boden zerstört war. Maja leckte sich die Lippen und beförderte die Papierserviette in den Abfallkorb. *Hach, jetzt geht es mir richtig gut. Auf zu großen Taten!*

Ich dachte, das soll ein Erholungstag sein, murmelte der Trauerfalter.

Ich glaube, das Wort kennt sie gar nicht, schmunzelte der Distelfalter, wieder in die Tasche abtauchend, wo es schön warm war.

Maja schlenderte von einem Stand zum anderen, schaute sich Halbedelsteine an, stellte fest, dass der Drachenschmuck-Mann diesmal nichts dabei hatte, was sie unbedingt haben musste, besuchte sämtliche zugängliche Räume der Burg und fotografierte wieder Details.

Als sie zum bestimmt fünften Mal bei Honigwein und Waffeln vorbei kam, forderte ihr Magen mit Nachdruck Nachtisch und Maja gab nach. Frische warme Waffel mit Puderzucker, da konnte es ruhig schneien, das erzeugte erst das richtige Weihnachtsmarktgefühl.

Und behauptet bloß nicht, ich sei nicht tiefenentspannt, witzelte sie.

Sie blieb es nur nicht lange. Irgendetwas trieb sie plötzlich in jenes Häuschen, wo Weihnachtsbaumschmuck zu haben war, den sie gar nicht brauchte.

„Was mache ich eigentlich hier?", fragte sie sich selber, als sei sie aus einem Traum erwacht.

Auf dem Weg zum Ausgang erspähte sie plötzlich das ultimative Objekt ihrer Begierde – einen hellgrauen Kerzenständer von vielleicht zehn Zentimetern Durchmesser, der aus einer Runde unterschiedlicher dicht an dicht sitzender Hunde bestand. Er befand sich auf einem Regal mit reduzierten Waren zum absoluten Schnäppchenpreis.

„Den möchte ich haben!", sagte Maja zu der Verkäuferin.

Die ahnte schon, dass Maja, wie viele andere, dem Irrtum erlegen war, auch hier ein verbilligtes Stück vor sich zu haben, denn das Schild galt wohl nur für die untere Etage. „Der ist aber teurer. Viel teurer. Sehr, sehr viel teurer."

„Oha. Und was kostet er genau?" Maja ahnte Schlimmes.

Als sie den Preis hörte, klappte ihr buchstäblich die Kinnlade bis auf die Schuhspitzen. „Oh je. Das ist als Mitbringsel für zwischendurch dann doch recht heftig. Ich muss drüber nachdenken. Aber ich will ihn haben. Ich komme garantiert wieder!"

Sie verließ mit hängenden Ohren das Geschäft und die Verkäuferin stellte den Kerzenständer, weil der nächste Kunde Fragen hatte, einfach hinter der Kasse ab. Maja wanderte ziellos umher und raufte sich den Pelz. Sie musste die *Ritter der Hunderunde* haben, wie sie das hübsche Stück sofort getauft hatte.

Ein paar Mal fasste sie nach ihrem Handy, zog es schließlich hervor und rief ihre Tochter an, in der Hoffnung, dass die noch kein Weihnachtsgeschenk gekauft habe. Wenige Worte genügten, dann sagte diese: „Mach, dass du in den Laden kommst, ehe ihn dir jemand vor der Nase wegkauft!"

Das ließ sich Maja nicht zwei Mal sagen. Sie hastete über den Platz mit der Zisterne und ging gleich zum Ausgang rein. Keine Sekunde zu spät! Denn am Regal stand eine Dame, einen ähnlichen Kerzenständer mit Katzen in der Hand, die soeben fragte, ob es den noch mit anderen Tieren gäbe.

Maja baute sich vor der Kasse auf, strahlte die Verkäuferin an und erklärte: „Ich nehme den Kerzenständer mit den Hunden."

Die Verkäuferin schaute zum Regal und erklärte bedauernd: „Schade, der ist schon weg."

Maja wiegte den Kopf. „Mm, mm, der steht hier hinter der Kasse und wartet auf mich." Augenblicke später trug sie ihre mehrfach dick verpackte Beute hinaus. *Was für ein Schauspiel*, lachte sie. *Da kann man ja glatt einen Herzkasper kriegen.*

Nicht nur du, stöhnten die Schmetterlinge. *Musst du es immer derart dramatisch gestalten?*

Man gönnt sich doch sonst nix, kicherte Maja, ihre Tasche mit dem wertvollen Inhalt vorsichtig durch die Menschenmassen jonglierend.

Sie hatte vor, ein Stück den Pummpälzweg entlang zu wandern. Also auf den Spuren von Thüringens bekanntestem Kobold, nach dem der Skulpturenweg benannt ist. Doch dazu sollte es nicht kommen. Nach den ersten dreißig Metern gab Maja auf, weil es derartig glatt war, dass das Unterfangen sicher mit gebrochenen Knochen geendet hätte.

Ein Satz mit X, das war wohl nix. Der Schwalbenschwanz atmete auf, als sie freiwillig umkehrte.

Ich will schließlich auch nicht auf meiner Tasche landen und Scherben nach Hause tragen. Maja hatte viele Gründe, ganz brav zu sein.

Der Weg und die Stufen zur anderen Seite der Burg, wo sich das Hotel und der Schaustellermarkt befanden, war etwas besser begehbar.

Allerdings auch nur, wenn man sich an einem Handlauf oder einer Mauer festhalten konnte.

„Jedes Jahr dasselbe Spiel", murmelte Maja kopfschüttelnd. Eis, Reif oder vor Nässe glatt. Da half auch das beste Profil auf den Sohlen nur minimal. Nach heißen Maroni stand Maja heute der Sinn ganz und gar nicht. Ihr war mehr nach Quarkbällchen, die sie sich auf dem Burginnenhof noch kaufen wollte.

Da gab es aber nur Zehnertüten und sie wollte ja nicht den ganzen Bus beköstigen, wie sie ironisch dankend ablehnte. Der allerletzte Markttag hatte eben auch gewisse Nachteile.

Ich gehe Seifenduft schnuppern, gab Maja plötzlich bekannt und ehe die Gedankenfalter etwas erwidern konnten, war sie schon auf der Treppe zum Ritterbad.

Nach der fünften Stufe machte die Treppe plötzlich gar keine Biegung und sie nahm auch kein Ende, wie Maja überrascht feststellte.

„Scheiße! Die Treppe kenne ich!", zischte sie plötzlich erregt, worauf die Gedankenfalter aus der Tasche schauten.

Woher? Der Admiral und der Schwalbenschwanz spähten in das Zwielicht des engen Treppenschachtes.

Maja blieb stehen, legte einen Finger vor den Mund und versuchte, durch einen Mauerspalt zu schauen. Nach wenigen Augenblicken prallte sie totenbleich zurück. *Das ist eine Falle.*

Noch ein Déjà-vu

Der Distelfalter kletterte vorsichtig in den Spalt, um sich einen Überblick zu verschaffen, weil Maja regelrecht paralysiert zu sein schien. *Ach du Elend! Da unten reitet gerade Katharina von Sachsen mit ihrem halben Hofstaat ein. Wenn die ihre Nebenbuhlerin zwischen die Finger bekommt, lässt sie sie bei lebendigem Leib auf kleiner Flamme rösten.*

Das erklärte den anderen sowohl die Situation als auch Majas Zustand, genau wie Ort und ungefähre Zeit des Geschehens.

Ich muss Meister Fabian finden, rief der Distelfalter. *Er ist der Einzige, der helfen kann.* Der orangefarbene Schmetterling huschte durch die finsteren Gänge, die er ziemlich gut kannte. Immerhin war er einst ein Gedankenschmetterling des Erzherzogs, Siegmund des Münzreichen, gewesen, in dessen Burg Fragenstein sie sich jetzt befanden.

Der kleine Falter überlegte angestrengt, wie er es wohl bewerkstelligen könne, von dem Heilkundigen bemerkt zu werden, da er doch für andere Menschen, als Nico und Maja, unsichtbar war. Er fand den Heiler schließlich in seiner Kräuterküche stehend, getrocknete Pilze zu feinem Pulver zerstoßend.

Der Distelfalter ließ sich ungebremst in den Mörser fallen, aus dem sofort eine pudrige Wolke emporstieg, die sich auch auf seinen Flügeln festsetzte, wodurch seine Umrisse für Meister Fabian sichtbar wurden.

„Ein Schmetterling? Bei dieser Kälte?" Fabian schüttelte erstaunt den Kopf. Und noch mehr, als der Falter immer wieder auf sein Gesicht zuflog, es fast streifte, um jedes Mal danach auf der Türklinke zu landen. „Willst du mir etwas zeigen?", murmelte er, worauf der Falter aufflog und zu warten schien, dass sich die Tür öffnete. Kaum draußen, flatterte er zielstrebig zum geheimen Gang, den nur drei Personen kannten.

„Jetzt wird es interessant." Meister Fabian drückte den Kontaktstein, worauf sich ein Stück Wand beiseiteschob. Neugierig steckte er den Kopf in die Öffnung und erstarrte. Ganz in der Nähe der Tür stand eine einsame Gestalt, die ihn flehend anschaute, und nun zwei Schritte auf ihn zukam, sodass sie in den Lichtkegel des anderen Raumes geriet.

„Maja?! Um Gottes willen! Ich dachte, Ihr hättet die Burg schon vor Stunden verlassen! Katharina ist hier!"

„Ich weiß", hauchte Maja. „Bitte helft mir!"

„Bleibt, wo Ihr seid und verhaltet Euch still. Ich werde Euch das Kleiderpaket bringen." Fabian zog die Tür fast lautlos wieder zu.

Wieso die Burg vor Stunden verlassen, fragte der Schwalbenschwanz überrascht.

Weil sich die Geschichte meiner Flucht wahrscheinlich jetzt wiederholen wird, vermutete Maja. *Hoffentlich komme ich lebend hier raus und auch nicht erst Jahre später wieder nach Hause.*

Kurz darauf schob ihr Fabian das Paket zu, in welchem sie tatsächlich Kettenrüstung und Schwert fand. „Ich gebe Euch ein Klopfzeichen, wenn Ihr gefahrlos verschwinden könnt", versprach er noch, sie sofort wieder verlassend.

Sie musste nicht einmal besonders lange warten, da pochte er drei Mal an die Wand und Maja tastete sich zu dem geheimen Ausgang an der hinteren Mauer. Der Erzherzog musste seine Angetraute also gleich mit einem pompösen Mahl empfangen haben, weil auch die Bediensteten alle verschwunden waren.

Maja quetschte sich durch die winzige Öffnung und eilte den schmalen Weg entlang. Nach etwa 100 Metern saß ein Mann mit zwei Pferden am Wegrand, die Reisigbündel trugen. Bei Majas Anblick erhob er sich.

„Ihr kommt spät, meine Liebe. Ich warte seit vier Tagen und dachte schon, die Furie habe

Euch bereits mit Knüppeln erschlagen lassen."
Er deutete eine Verbeugung an und half Maja
auf eines der Pferde.

Es war durch die Zeitverschiebung einiges
anders, als bei der ersten Fluchtvariante, wie sie
erstaunt feststellte.

„Wohin soll ich Euch begleiten?"

„Im Grunde genommen nur um die Burg. Auf
der anderen Seite müsste ein Portal sein." Maja
wandte sich suchend um.

„Euch ist wohl die Kälte nicht bekommen!",
rief der Reiter, der Ritter Georg sein musste, bisher aber sein Gesicht unter der Kapuze seines
Umhangs verbarg. „Katharina lässt seit Tagen
nach Euch suchen. Ganz bestimmt nicht, um
mit Euch Tee zu trinken und Kuchen zu essen."

„Dann schlagen wir eben den Weg nach
Süden ein", seufzte Maja resigniert. „Denkt
Euch etwas aus, wo Ihr mich verstecken könnt."

„Ihr sprecht zwar in Rätseln, aber es ist gut,
dass Ihr mir freie Hand lasst." Seine Stimme
klang überaus zufrieden und Maja war sicher,
dass sie sich ein wenig nach Nico anhörte.

Die Schmetterlingsgedanken wussten sofort,
warum Maja so reagierte. Sie wollte keinesfalls
noch einmal schuld am Tod des ehrenvollen Ritters sein. Eine andere Richtung einzuschlagen,
wäre glatter Selbstmord gewesen, denn sie wären

der Nachhut des sächsischen Trupps direkt in die Arme geritten. Die Passwege nach Seefeld lagen noch unter einer dicken Schneedecke. Selbst die Händler des begehrten Tiroler Steinöls wussten das und harrten aus. Und im Tal hätte man kaum die Möglichkeit gehabt, dem Ärger aus dem Weg zu gehen, eben weil die Gattin des Erzherzogs nach Maja suchen ließ.

Das Wichtigste ist, irgendwie zu überleben, gab Maja mit unbewegtem Gesicht bekannt.

„Ihr freut Euch nicht wirklich, mich zu sehen", stellte Georg betrübt in den Raum.

„Das kann man so nicht sagen", klärte ihn Maja auf. „Vor ein paar Stunden bin ich auf der Wartburg, einer völlig anderen Burg, in einer vollkommen anderen Zeit, zu Besuch gewesen und stand plötzlich in Burg Fragenstein, viele hundert Meilen entfernt. Natürlich freue ich mich sehr, dass Ihr zur Stelle seid, um mich zu beschützen. Ich bin nur noch etwas durcheinander."

„Haben es denn wenigstens Eure Schmetterlinge geschafft, mitzukommen?", fragte er leichthin.

Maja riss die Augen auf. „Woher wisst Ihr …?"

Er schlug die Kapuze zurück, aus der eine ganze Wolke bunter Falter aufstieg.

„Fantastisch!", jubelte Maja, ihm von Pferd zu Pferd die Hand reichend.

Majas Gedankenfalter schauten sich bedeutsam an. Unter dieser Konstellation war durchaus damit zu rechnen, dass Maja in dieser Zeit bleiben wolle. Ritter Georg war die Einzige, von Nicos Erscheinungsformen, die nur für Maja zu leben schien.

„Achtung", raunte der Ritter, da vorn sind die Sachsen. Er wendete seinen Umhang, der nun in voller Schönheit das Wappen derer, von Hohenfreyberg zeigte.

Maja schlug ihren Umhang so zurück, dass der Schwertgriff frei lag und man auch den langen Dolch an ihrem Gürtel sehen konnte.

„Halt!", rief da auch schon einer. „Wer seid Ihr und wo wollt Ihr hin?"

„Georg von Hohenfreyberg, mit meinem Knappen Maximilian", erwiderte der Ritter, bei ihnen das Pferd zügelnd. „Sind wir im Belagerungszustand oder warum stellt Ihr Fragen?"

„Reine Vorsichtsmaßnahme", erwiderte der Wortführer, Ritter und Knappen betrachtend, die beide mit gerunzelter Stirn auf ihren Pferden saßen. „Kann Euer Knappe auch die Waffen führen, oder trägt er sie nur für Euch?"

Die Frage hätte er sich im Nachhinein lieber verkniffen, als Maximilian den Dolch zog und fast im selben Moment das Stück Braten aufspießte, welches der Mann gerade in der Hand hielt. So schnell, wie es zu Maximilian überwechselte, konnte er gar nicht reagieren. Er schaute so dumm aus der Rüstung, als Maximilian genussvoll hineinbiss, dass Georg in schallendes Lachen ausbrach. „Beantwortet das Eure Frage?"

„I ... i ... ich glaub schon", stotterte der Mann und ließ die beiden passieren.

„Wie hat der das gemacht?", staunte ein anderer.

„Keine Ahnung. Jedenfalls ist meine Hasenkeule dahin", brummte der Geharnischte mürrisch.

Maja überließ indes Georg ihre Beute. Der hatte seit Tagen nichts Warmes bekommen und nahm die Gabe dankbar an.

„Ihr lächelt so eigenartig", stellte sie mit Seitenblick fest.

Georg nickte. „Nennt es Ahnung oder anders, aber ich habe das Gefühl, als sei ich schon einmal mit Euch gen Süden geritten. Aber vielleicht habe ich es ja auch nur geträumt."

„Wenn, dann war es ein schöner Traum", blinzelte Maja.

„Ein wunderschöner, wenn auch voller Gefahren", gab Georg zu.

„Ihr erinnert Euch daran?"

„Ja, auch an das tödliche Duell mit einem Söldner." Er schaute Maja forschend an.

„Woran noch?"

„An Meister Fabian." Georg drehte sich um, als höre er bereits dessen Pferd.

„Was machen wir also diesmal anders?", fragte Maja.

„Wir reiten im Inntal weiter." Georg grinste breit. „Damit rechnet er nicht."

„Und ich rechne nicht damit, dass er kommen wird", erklärte Maja. „Er hat keinen Grund, zu fliehen, es sei denn, Katharina würde ihm wegen persönlicher Differenzen die Hölle heiß machen. Der Erzherzog hat mit seiner Gattin zu tun, dem kann es nur recht sein, wenn ich nicht wieder auftauche."

„Ihr habt mich überzeugt." Ritter Georg schlug den Weg zum Brennerpass ein, der auch in jener Zeit eine wichtige Rolle bei der Gebirgs-überquerung spielte. Sie ließen ihre Pferde im Schritt gehen, um nicht unnötige Neugier zu wecken.

„Wo werden wir schlafen?", fragte Maja, weil weit und breit keine menschliche Behausung zu sehen war, der Schnee aber noch so hoch lag, dass die Pferde stellenweise Mühe hatten.

„Unten im Tal. Bevor es zum Pass hinauf geht, ist ein kleiner Hof mit einer heimeligen Scheune", blinzelte Georg. „Wir bauen uns ein Nest aus Stroh und ich werde Euch wärmen." Wenn die Nacht hereinbricht, sollten wir spätestens ankommen.

Die Gedankenschmetterlinge hatten sich unter Majas Umhang zusammengedrängt, um nicht zu erfrieren. Sie kannten die Geschichte um Majas Flucht aus der Burg und wussten, dass Ritter Georg sorgfältig gewählt hatte, als er das Kleiderpaket zusammenstellte. Davon konnten sie sich diesmal selbst überzeugen, denn Maja trug eine Art Fellüberwurf überm Kettenhemd und darüber einen winddichten Umhang aus grobem Tuch. Sogar an eine Gugel hatte er gedacht, über die Maja kurzerhand ihren Helm stülpte. Die Ohren waren warm, der Hals und um die Hände gegen die Kälte zu schützen, hatte er für sie zwei Kaninchenfelle eingepackt.

Ihren gesteppten Mantel hatte sie in der Burg zurückgelassen, um nicht schon von Weitem als Fremdling zu wirken. Unauffälligkeit war überlebenswichtig.

„Mir wird kalt", klagte Maja, als sie auf die Schattenseite des Tals wechselten, weil es die letzte Brücke auf ihrem Weg war.

„Insgesamt?", wollte Georg wissen.

„Nur an den Beinen", erwiderte Maja.

Georg schaute sie nachdenklich an. Die eng anliegende Hose aus dem blauen Stoff, war wohl nichts für winterliche Ausritte. „Ich glaube, ich kann Euch helfen", murmelte er, in seinem Reisesack kramend. Er brachte noch zwei Hasenfelle und ein paar Lederbänder zutage. „Ihr seid klein, da müsste es gehen. Streckt Euer Bein her, sonst muss ich im tiefen Schnee vom Pferd steigen." Georg machte sich ans Werk. Erst auf der einen, dann auf der anderen Seite. Nach wenigen Minuten trug Maja zwei wärmende *Wadenwickel* mit Fell nach innen, die er ihr mit den Lederbändern festgeschnürt hatte.

„Besser?"

„Oh ja. Viel besser! Herzlichen Dank, Herr Ritter." Maja lächelte zufrieden.

„Auf dem Pass wird es richtig kalt werden", merkte Georg an. „Ich würde lieber warten, bis der Frühling kommt."

„Könnten wir in Innsbruck unterschlüpfen, bis es wärmer wird? Falls Ihr das nötige Geld aufbringt. Ich habe keine einzige Münze in der Tasche." Maja hob bedauernd die Hände. „Oder wir verdienen uns Kost und Logis auf dem kleinen Hof unterhalb des Passes."

„Die Menschen auf Land haben im Winter keine Arbeit für uns und zusätzliche Esser brauchen sie auch nicht", gab Georg zu bedenken.

„Stimmt. Ich hätte es selber wissen müssen", seufzte Maja. „Was tun?"

„Euerem Rat folgen und in der Stadt unterschlüpfen", schmunzelte Georg. „Ich glaube, Euch ist bekannt, dass ich nicht ganz unbetucht unterwegs bin."

Sie spornten die Pferde zum Trab an. Weit vor den Toren der Stadt wurden sie erneut auf einen größeren Trupp Berittener aufmerksam. Georg fragte auch hier nach, ob man sich Belagerungszustand befinde und erhielt zur Auskunft, dass man eine flüchtige Frau suche.

„Ab zum Pass!", befahl er, kaum dass sie außer Hörweite waren. „Katharina macht offenbar eine größere Hetzjagd auf Euch."

„Scheint mir auch so", flüsterte Maja betroffen. „Selbst der kleine Hof dürfte nicht mehr sicher sein."

Georg zügelte sein Pferd. „Wir werden bei den Söldnern übernachten. Dort sucht Euch garantiert keiner."

„Tun wir es", bekräftigte Maja. „Ich bin todmüde und hungrig."

Sie drehten um und trugen dem Anführer des Trupps die Bitte um Schutz für die Nacht vor.

Der willigte ein. Wann konnte schon einer von ihnen von sich behaupten, mit einem so hohen Herrn genächtigt zu haben.

Dann saß Georg mit seinem Knappen Maximilian an ihrem Feuer und zahlte so gut, dass die Bewirtung geradezu fürstlich war. Maja verzog keine Miene, als man ihr einen riesigen Becher des sauren mittelalterlichen Weins in die Hand drückte. Sie dankte und leerte ihn in einem Zug zur Hälfte, dann schnitt sie sich ein großes Stück Fleisch vom Braten.

Georg wirkte überaus zufrieden. Er hatte in seinen merkwürdigen *Träumen* Maja als gefährliche Kämpferin erlebt, die mit Schwert, Dolch und Kerlen umzugehen wusste. Die Hasenkeule vom Mittag war Beweis genug. Auch jetzt hielten sich alle zurück, den seltsamen Knappen des Ritters zu reizen. Dessen Dolch schien, Haare spalten zu können und sein Herr, ihm völlig freie Hand zu geben.

Maximilian rülpste, furzte und rotzte, wie es sich in der Runde der Söldner gehörte und wurde, trotz seiner Jugend, als ganzer Mann akzeptiert. Welche Ängste die Gedankenfalter ausstanden, war die andere Seite der Medaille. Vor allem dann, als Maja hinter die Büsche verschwinden musste, weil sie schlecht im Stehen an einen Baum pinkeln konnte.

Es geht ziemlich ungehobelt zu, wenn das nur gut geht, stöhnte der Trauermantel.

Was willst du? Das ist das Mittelalter, zuckte der Distelfalter mit den Fühlern. *Maja ist mehr Kerl, als die Kerle selber. Was glaubst du wohl, warum Georg so entspannt ist?*

Als es um die Verteilung der Schlafplätze in dem kleinen Zelt aus Hirschleder ging, schaffte es Georg, Maja in eine Position zu bringen, in der sie keiner belästigen konnte. Er sagte leichthin: „Mein Knappe bekommt die Zeltwand. Da ist es zwar am kältesten, aber mehr steht ihm nicht zu."

Es merkte bei dem vorherrschenden Alkoholspiegel durch den Wein auch keiner, dass er sie die ganze Nacht mit seinem Körper wärmte, damit sie sich nicht den Tod holte. Noch bevor die anderen richtig munter waren, zogen sie weiter.

„Wir versuchen, bis zum Brennersee zu kommen", schlug Georg vor. „Dort können wir eine längere Rast einlegen. Da gibt es eine Schutzhütte, in der auch die Händler übernachten. Von denen wird aber kaum einer unterwegs sein."

„Genau so gut könnten wir da auf Söldner treffen", wandte Maja ein, winkte aber sofort ab. „Egal. Reiten wir!"

Schon in römischer Zeit war die Straße gut ausgebaut worden und mit Wagen befahrbar. Damals nannte man sie per alpes Rhaeticas oder per alpes Noricas, den Weg durch die Rätischen oder Norischen Alpen. Wie der Pass zu seinem heutigen Namen gekommen war, wusste keiner ganz genau.

Der Wind hatte die Spuren auf der gepflasterten Straße entweder verweht oder es war tatsächlich niemand unterwegs gewesen, denn die Pferde trabten durch knöchelhohen makellos glatten Schnee.

Auf der ersten Rast machten sie nicht einmal ein Feuer, um sich nicht zu verraten. „Wo bekommen wir etwas zu beißen her?", fragte Maja beunruhigt, weil sie Eiszapfen lutschten, um wenigstens den Durst zu stillen.

„Wir haben genug, um die nächste Siedlung zu erreichen." Georg zog ein Stück kalten Braten hervor, schnitt zwei Scheiben ab, von denen er eine Maja reichte. „Für die Pferde habe ich Hafer dabei. Der reicht auch, bis wir neuen kaufen können."

Am Nachmittag frischte der Wind auf und die Pferde gingen mit tief gesenkten Köpfen. Mit dem Reisebus war man im 21. Jahrhundert in null Komma nichts am See.

Aber nicht bei so viel Schnee, brummte der Schwalbenschwanz verstimmt.

Spät in der Nacht langten sie an der Schutzhütte an, stellten überaus erfreut fest, dass sie leer war, versorgten die Pferde und machten ein kleines Feuer. Ritter Georg zog ein paar Kräuter aus seinem Reisesack. Für einen heißen Trank war also gesorgt.

Maja kuschelte sich an seine Schulter, die Flammen des kleinen Feuers zauberten einen geheimnisvollen Glanz in ihre Augen, dem Georg ganz schnell erlag. Das innere Feuer heizten beiden so ein, dass sie alles um sich herum vergaßen. Es dauerte nicht lange, da lagen sämtliche Kleidungsstücke achtlos am Feuer verteilt, Georgs Lippen wanderten über Majas Haut und mit jedem Augenblick nahm er mehr die Züge von Nico an, der ganz genau wusste, wie er Maja von einem Höhenflug zum nächsten bringen konnte.

„Ich bin süchtig nach dir", hauchte Maja in höchster Ekstase. „Ich spüre solches Verlangen, dass ich, um dich zu treffen, sogar in das Ritterbad gegangen wäre, wenn ich genau gewusst hätte, in eine Falle zu laufen."

Er zog sie an sich. „Ich hatte vor, dich warnen zu lassen."

„Meinst du die Krähen? Sie haben es mehrmals versucht. In ganzen Scharen, wie ein gigantisches Heer, haben sie auf sich aufmerksam gemacht." Maja schmiegte sich an seine nackte Brust. „Ich habe aber nicht geahnt, dass sie die halbe Streitmacht Katharinas symbolisieren, die auf mich Jagd machen werde. Warum hasst sie ausgerechnet mich so? Er wildert doch unter jedem Rock, der ihn interessiert."

„Weil es ihm mit dir vermutlich wirklich Spaß macht, während die anderen nur die Neugier befriedigen." Georg grinste genüsslich. „Ich weiß, wovon ich rede. Ich klebe an dir, wie eine Fliege am Sonnentau."

„Mir wäre es lieber, dich in meiner Welt zu treffen", gab Maja zu. „Dieses merkwürdige Wechselspiel zwischen dir und dem Erzherzog zerrt an meinen Nerven. Besonders, wenn seine unzufriedene Ehefrau eine Prämie auf meinen Kopf ausgesetzt hat."

Georg, im Augenblick mehr Nico, schloss sie fest die Arme. Wann es immer es möglich sei, werde er das auch tun. Aber da mussten alle Faktoren stimmen. „Wer weiß, wann es das nächste Mal so ist", flüsterte er, ihr noch einmal beweisend, der zärtlichste Geliebte beider Welten zu sein. „Komm, Schatz, wir müssen uns anziehen, sonst erfrieren wir", schlug er schließlich vor.

Maja gehorchte seufzend. Er hatte ja recht und sie sich vorgenommen, all seinen Anweisungen zu folgen, um kein Unglück heraufzubeschwören. Sie ritten bereits am nächsten Morgen weiter, denn der Wind wehte noch immer mit gleicher Stärke und irgendwann werde die Straße gar nicht mehr zu erkennen sein.

Georg schaute Maja immer wieder prüfend an, die auffallend wortkarg war und ständig die Felsklüfte auf beiden Seiten der Straße beobachtete. So kamen sie in etwa bis zu jener Stelle, an der in der Neuzeit das Plessi Museum an der A22 zu finden war.

„Was habt Ihr?", fragte er besorgt.

„Ein komisches Gefühl", erwiderte sie leise. „Ich fühle mich bedroht, kann Euch aber nicht sagen, ob von Mensch oder Natur."

„Wir ...", weiter kam Ritter Georg nicht, denn in diesem Augenblick donnerte mit Getöse eine riesige Lawine zu Tal, der sie nicht entkommen konnten, was beiden schlagartig klar war.

„Ich liebe Euch!", erklärte Maja unter Tränen, ehe sie die Schneemassen zu Fall brachten und tief unter sich begruben.

Schnee drang in Majas Mund ein, sie röchelte und hustete.

Plötzlich wurde es hell, jemand klopfte auf ihren Rücken. „Na, junge Frau, nicht so hastig von der Waffel abbeißen, dann klappt es auch mit der Atmung! Alles wieder gut?"

Maja nickte mit Tränen in den Augen. Die Wartburg hatte sie wieder. Ein Windstoß hatte ihr den Puderzucker ihrer Waffel ins Gesicht geblasen, war in Nase und Augen eingedrungen, worauf sie sich verschluckt hatte.

Wir wiederholen uns ja nicht gern, stöhnten die Schmetterlinge. *Aber musst du es immer derart dramatisch gestalten?*

Alle wieder da? Keiner erfroren? Maja steckte den letzten Rest Waffel in den Mund und besuchte noch einmal alle Verkaufsstände, ehe sie ganz gemächlich zum Bus schlenderte. Krähen und Elstern schienen wie vom Erdboden verschluckt. Sie waren vielleicht Georg zu Hilfe geeilt, der so, das hoffte sie inständig, das Unglück überleben konnte.

Auf nach Rom!

Ein paar Wochen später quälte Maja die Sehnsucht nach Nico so sehr, dass sie beschloss, wieder nach einem Tor in die Zeit zu suchen.

„Was hast du vor?", fragten die Gedankenfalter durcheinander, als sich Majas Gesichtsausdruck im Sekundentakt änderte, wobei ihn ein unterschwelliges genüssliches Grinsen dominierte.

„Ich werde da suchen, wo ich mit Georg entlang geritten bin, also an Stellen, wo er in jeder Gestalt erscheinen kann", entgegnete Maja.

„Und das heißt?" Der Schwalbenschwanz wechselte einen besorgten Blick mit dem Distelfalter. Die Katastrophe vom letzten Treffen hatte ihnen völlig gereicht.

„Ich fahre nach Rom."

Die Schmetterlingsgedanken erstarrten und der Trauermantel jammerte: „Wenn das gut geht! Oh, je, wenn das nur gut geht! Cäsar war nicht gerade zimperlich, wenn ihm etwas missfiel."

„Hör auf, zu winseln!", herrschte ihn der Admiral an. „Wenn sie sich etwas in den Kopf gesetzt hat, zieht sie es auch durch. Das dürfte dir inzwischen auch bekannt sein."

„Na das ist es doch gerade, was mir Angst macht", greinte der Trauermantel.

„Kannst ja auswandern!", forderte ihn der Zitronenfalter heraus, worauf der Trauermantel keinen Mucks mehr sagte.

„Buchen Button gedrückt?", grinste der Schwalbenschwanz.

„Buchen Button gedrückt!", bestätigte Maja. „Köfferchen packen. Es geht in ein paar Tagen los!"

Die Falter schauten interessiert zu, wie Maja Winter- und Frühjahrsbekleidung in ihren Minikoffer quetschte. Je nachdem, wo sie gerade waren, konnten es zweistellige Plus- aber auch einstellige Minusgrade sein. So brauchte Maja wirklich alles.

„Tetris für Klamotten", kicherte der Bläuling. „Da geht keine Erbse mehr mit rein. Shoppen fällt also flach."

„Richtig!", lachte Maja. „Es sollte also auf der letzten Etappe auch mindestens genau so kühl sein, wie auf der ersten, sonst geht der Koffer nicht mehr zu." Vorsichtshalber umspannte sie ihn noch mit einem Gurt, denn er sah aus, als platze er schon jetzt jeden Moment aus allen Nähten.

Am Abreisetag erwischte Maja einen Taxifahrer, der das Klugscheißen offenbar erfunden haben musste. Sie war froh, als sie am Busbahnhof aussteigen konnte. Die Krähe auf dem Grünstreifen hob die Laune allerdings sofort wieder.

Perfekt, Nico wird erfahren, dass ich unterwegs bin.

Der Fernreisebus kam pünktlich, das Einchecken ging reibungslos und Maja bekam eine supernette Platznachbarin, mit der sie bis München viel lachte. Natürlich entgingen ihr unterwegs weder die Rehe noch die Rabenvögel, die für ein behagliches Gefühl sorgten. Nicht einmal der starke Wind und der Regen konnten ihre Laune trüben. Die waren schließlich vom Wetterbericht angesagt worden. Der Fahrer beherrschte den Bus perfekt und sorgte für ein Gefühl der Sicherheit. Mit geringer Verspätung erreichten sie den ZOB, wo Maja noch eine Dreiviertelstunde Zeit zum Umsteigen hatte.

Auch der Bus nach Innsbruck kam superpünktlich und schien gutes Wetter mitgebracht zu haben. Der Regen hatte aufgehört, die Sicht war fantastisch und Maja genoss den Anblick der majestätischen Berge, deren höchste Gipfel noch eine dicke Schneemütze trugen.

Fährt der gar nicht über Garmisch-Partenkirchen? Die Gedankenfalter schauten erstaunt aus dem Fenster.

Nein, das ist der Bus nach Meran, erklärte Maja. *Der fährt über Kufstein und der erste Halt ist Innsbruck, wo wir übernachten werden.* Dann war sie wieder mit Bergegucken beschäftigt, wie es der Schwalbenschwanz blinzelnd bezeichnete.

Berge und Haie haben etwas gemeinsam, wisperte Maja versonnen, *sie sind majestätisch, wunderschön, aber manchmal tödlich.*

Ja, das haben wir kürzlich erlebt, brummte der Distelfalter mehr für sich.

Maja hatte es nicht gehört, sie träumte von Nico. Als Ritter Georg hatte sie ihn immer wieder in den Bergen getroffen. Aber auch Sigmund, der Münzreiche war er gewesen, und dessen Jagdburg Fragenstein näherte sich der Bus mit jedem Kilometer.

Hoffentlich taucht Katharina nicht wieder auf, murmelte der Distelfalter dem Schwalbenschwanz zu. *Ich habe ein ungutes Gefühl.*

Hinter Kufstein begannen die Falter, die Luft anzuhalten. Sie atmeten erst wieder frei, als sie ohne Zwischenfälle Innsbruck erreichten. Am nächsten Morgen sollte dann die Fahrt mit dem Reisebus weitergehen, was die Schmetterlinge keinesfalls beruhigte, denn aus diesem heraus, war Maja auch schon in Zeitentore gerissen worden. Selbst im Hotel flatterten sie noch wie wild durcheinander.

„Mein Gott! Beruhigt euch endlich wieder", stöhnte Maja. „Es kommt, wie es kommt, und ich gehe jetzt unter die Dusche. Punkt."

Das tat sie auch lange und ausgiebig. Zu lange, wie dem Schwalbenschwanz irgendwann auffiel. Er schwebte vorsichtig auf den oberen Rand der Duschkabine und erstarrte – das Wasser prasselte herab, doch von Maja fehlte jede Spur ...

Sie hatte sich den heißen Regen mit geschlossenen Augen direkt über den Rücken laufen lassen. Das tat gut nach so vielen Stunden auf dem Sitz des Busses. Als sie gerade am Überlegen war, das Wasser abzustellen, wurde es plötzlich ein paar Grad kälter und es zog, als sei die Duschzellentür aufgegangen. Unsanft aus ihren Träumen gerissen, öffnete Maja die Augen, welche sich ungläubig weiteten. Sie stand unter einem Wasserfall, vor ihr eine blumenübersäte Wiese und Sigmund, der Münzreiche, wartete mit einem Tuch in der Hand, um sie trocken zu reiben.

„Aufgewacht?", fragte er lächelnd. „Ich wollte Euch nicht stören, weil Ihr so verträumt gewirkt habt."

„Ich glaube, ich träume noch immer", hauchte Maja, sich mit sehr gemischten Gefühlen von ihm helfen lassend.

„Wir haben nicht viel Zeit", erklärte er mit
Nicos Stimme. „Ich muss in zwei Stunden in die
Burg zurück. Meine Frau wird sonst hellhörig."

„Sie ist hier?!", fragte Maja erbleichend.

„Ja, schon seit zwei Tagen. Aber sie ahnt nichts von uns."

Maja war sich da nicht so sicher. Im Augenblick verwoben sich die Zeitsprünge zu völlig bizarren Geschehnissen. Sie wusste nie genau, zu welchem Zeitpunkt sie in dieses Jahrhundert gerissen wurde.

Sigmunds Hände hatten inzwischen das Tuch abgelöst. Sie wanderten über Majas kühle Haut, hinterließen Spuren ihrer Wärme und dann schlug sie der Zauber seiner Leidenschaft wieder in einen Bann, dem sie nicht entfliehen konnte. Sie hätte es auch gar nicht gewollt. Keine, seiner vielen Gespielinnen hätte sich dagegen wehren wollen. Mit unzähligen Küssen bedeckte er ihre Haut, entfachte eine wilde Lust, die sie mit ihm teilte.

Ein Donnergrollen in der Ferne ließ beide aufhorchen.

„Klingt schon wieder nach Gewitter", knirschte Sigmund.

Er hasste das. Denn die hatten schon oft genug die Schäferstündchen mit Maja unsanft beendet.

„Das wird wohl eher das wütende Grummeln Eurer Frau sein, die ahnt, wie der Hase läuft", grinste Maja.

„Rasch, da drüben zu dem kleinen überhängenden Felsen! Gleich wird ein ...“ Weiter kam Sigmund nicht, denn es begann, wie aus Eimern zu schütten.

Maja machte zwei Schritte, dann rutschte sie im nassen Gras aus, schlug der Länge nach hin und stellte beim Aufrappeln fest, dass sie plötzlich Fliesen unter den Händen spürte. Die Duschkabine des Hotels hatte sie wieder. Kopfschüttelnd spülte sie sich die feuchte Erde der anderen Welt von der Haut.

Frottiert und sehr müde von heftiger körperlicher Betätigung fiel sie gleich ohne Nachthemd ins Bett und schlief ein, kaum dass sie sich die Decke bis zum Kinn gezogen hatte.

Von den Freudenbezeugungen der Schmetterlingsgedanken über ihre Rückkehr bekam sie nichts mit. Sie träumte bereits von Nico.

Die Falter verkniffen es sich auch, irgendeine Andeutung zu machen, als sie am nächsten Morgen in aller Herrgottsfrühe zum Reisebus ging. Maja träumte noch immer von Nico. Die Lichter im fast nächtlichen Inntal wirkten wie Sterne am Firmament und versetzten Maja in eine Art Trance. Die Gedankenschmetterlinge wechselten besorgte Blicke.

Am Abend zuvor hatte sich der Schneeregen in Schnee verwandelt und eine dünne Schicht überzuckerte die Gebirgslandschaft. Die schnee-bedeckten Gipfel gingen bei Sonnenaufgang farblich nahtlos in den grauen Himmel über und man konnte ihre schwindelerregende Höhe nicht einmal erahnen.

Vor dem wundervoll gelegenen Hotel und Restaurant Wipptalerhof am Brenner wurden die letzten Passagiere eingesammelt, dann fädelte sich der Bus wieder auf die Brennerautobahn ein.

Es ist schön hier, wisperte der Schwalben-schwanz und wandte sich an den Distelfalter: *Ich kann es immer noch nicht fassen, dass du diesen Landflecken für Maja verlassen hast.*

Da hast du dir gleich die Antwort selber gegeben, schmunzelte der Distelfalter. *Für Maja. Kein anderer Mensch wäre es sonst für mich wert gewesen.*

Und die kriegt unsere Unterhaltung nicht einmal mit, sie träumt von Nico, seufzte der Schwalben-schwanz.

Aber nicht vom Erzherzog, betonte der Distelfalter, *denn der war es wert, dass ich ihn verlassen habe.*

Kurz hinter dem Pass saßen zwei Krähen auf der Windfahne am Schornstein eines Hauses und beobachteten den Bus. Maja drehte sich sogar im Vorbeifahren nach ihnen um. *Ich glaube fest daran, dass es ein wundervoller Tag werden wird,* erklärte sie den Gedankenfaltern mit einem Lächeln.

Als hätte sie es gehört, kam die Sonne hervor und vergoldete die felsigen Berghänge. Vorbei an der Franzensfeste, an Brixen, Säben, Branzoll und Klausen fuhr der Bus, als die Reiseleiterin plötzlich auf Sigmund, den Münzreichen, und seinen Sex- und Geldhunger zu sprechen kam, worüber sich Maja, nach dem Schäferstündchen mit ihm am Vorabend, weidlich amüsierte.

Jetzt stellt euch vor, wandte sie sich an die Schmetterlingsgedanken, *er hätte auf dem Sterbebett nicht noch mal ins Geld, sondern dahin fassen wollen, wo er bei Frauen stets den meisten Spaß gehabt hatte …*

Der Distelfalter fiel vor Lachen von Majas Arm, Admiral und Schwalbenschwanz hielten sich die Bäuche, der Bläuling gluckste vor sich hin. Nur der Trauermantel schaute pikiert in die Runde, worüber die anderen noch mehr feixten. Maja grinste harmlos, worauf die Falter als eine Art bunter Heiligenschein ein paar Runden um ihren Kopf flogen, während der Bus bereits die Trostburg und Bozen passierte. Sigmundskron kam in Sicht.

Maja seufzte, weil ihre Gedanken zu Ritter Georg abschweiften. Das letzte Treffen mit ihm auf dieser Burg war besonders leidenschaftlich gewesen, weil er im Begriff stand, im Turnier die

Waffen mit anderen Rittern zu kreuzen. Dann war der Erzherzog aufgetaucht und hatte den Zauber der Zweisamkeit zerstört. Maja musste fliehen, um Georg nicht zu kompromittieren.

Eines kapiere ich immer noch nicht, flüsterte sie den Gedankenschmetterlingen zu, *warum schafft es die völlig zügellose Version von Nico, in Gestalt des Erzherzogs, immer wieder, die sanfte, leidenschaftliche Erscheinung, Ritter Georg, zu vertreiben?*

Gollum und Smeogol, erwiderte der Schwalbenschwanz mit einem Blinzeln, um gleich darauf sehr ernst zu sagen: *Du weißt ja, dass Nico die Gestalt jedes Edelmannes annehmen kann. Nur ist nicht jeder Edelmann auch gleich ein edler Mann. Zudem steht der Erzherzog gesellschaftlich über Ritter Georg, womit es vorprogrammiert ist, dass Georg zurückweichen muss.*

Maja schaute nachdenklich auf die Burg. *Ja, ich glaube, Sigmund hätte nicht nur Georg in Ketten legen lassen, hätte er mich bei ihm gefunden.*

„Und Katharina hätte Euch womöglich eigenhändig die Augen ausgestochen", sagte eine Stimme hinter Maja.

Sie zuckte erschreckt herum, hatte sie sich doch nur gedanklich mit den Schmetterlingen unterhalten. „Ge ... Georg?! Ihr habt das Lawinenunglück überlebt!"

Der Ritter lehnte, wie beim ersten Treffen auf dieser Burg an der Mauer und Maja flog ihm mit einem Jubelschrei an die Brust.

Er fing sie auf. „So stürmisch, wie Ihr seid, werft Ihr mich schon vor dem Lanzenstechen aus dem Harnisch", lachte er.

„Wann beginnt die Tjost?", fragte Maja neugierig.

„Erst morgen", gab der Ritter Auskunft.

Maja rieb sich genüsslich die Hände. „Also ausreichend Zeit, Euch wirklich aus dem Harnisch zu werfen und Eure Lanze eine ganze Nacht lang bei einem wirklich heißen Stechen einzusetzen."

Diesmal schaute sogar der Schwalbenschwanz Maja völlig entgeistert an. Dass sie Georg derart direkte Offerten machte, war neu und ungewöhnlich.

Dessen Augen begannen zu leuchten. „Ohhhh jaaaa!" Er hüllte sie in seinen Umhang, damit sie unbehelligt den Hof überqueren konnten.

„Hoffentlich taucht nicht wieder der Erzherzog auf", murmelte Maja, mit ihm seine Kammer betretend.

Georg atmete tief durch. „Der erscheint immer, wenn man ihn am wenigsten braucht. Bisher war aber keine Rede davon, dass man ihn hier erwarte."

Maja wunderte sich nicht, dass Georg die Beantwortung der Frage nach der Lawine aussparte. Womöglich war sie wieder zu einem Zeitpunkt hier gelandet, zu welchem das noch gar nicht geschehen war. Sie wusste aber, dass er ihre Frage als großes Achtungszeichen registrieren werde.

„Ihr habt mir gefehlt", sagten beide gleichzeitig, als der Türriegel zuschnappte.

Die Gedankenfalter huschten vorsichtshalber davon. Nur der Distelfalter blieb vor Ort, um notfalls die anderen zurückrufen zu können, meldete man vom Turm ungeplanten Besuch.

Georg hatte es eilig, Majas Angebot anzunehmen, denn sie wussten nie, wie viel gemeinsame Zeit ihnen blieb. Am besten kam man gleich richtig heftig zur Sache und dehnte danach das Kuscheln auf unbestimmte Zeit aus. In Majas Jahrhundert hätte man es sicher *eine schnelle Nummer* genannt.

„Ich möchte Euch am liebsten nie wieder weglassen", flüsterte Georg, zärtlich Majas Haar streichelnd. „Wir würden sicher einen Weg finden, irgendwo in Ruhe leben zu können. Für Euch würde ich sogar das Schwert aus der Hand legen, bis man mich mit Gewalt zwänge, es wieder zu führen. Wir könnten uns ein Häuschen und einen Weinberg kaufen oder einen Olivenhain oder noch besser – alle drei Dinge. Irgendwo, wo es für Euch schön warm ist. In den ligurischen Bergen, zum Beispiel, oder in den Weiten der Toskana."

Maja schmiegte sich mit geschlossenen Augen an seine Brust. Er hatte genau ihren Nerv getroffen und er war es wert, das alte Leben einfach zu vergessen. Nur konnte sie das Zeitentor nicht beeinflussen. Unter Tränen wisperte sie: „Wie gern möchte ich es Euch versprechen, bei Euch zu bleiben."

„Ich habe ein kleines Geschenk für Euch. Nichts von großem Wert, aber vielleicht hilft es Euch, Euch nicht so einsam zu fühlen, falls sich das Tor wieder schließt." Er streifte ihr ein breites Armband über, welches aus vier Bahnen rechteckiger Metallplättchen bestand, die durch Reihen kleiner Halbkugeln voneinander getrennt waren.

„Es ist wunderschön", hauchte Maja, die das ungewöhnliche Schmuckstück an die kunstvolle Rüstung eines Samurai erinnerte. In ihrer Welt hätte man es vielleicht Modeschmuck genannt. Es mussten keine Geschmeide aus Platin und Diamanten sein, um ihr eine Freude zu machen. Für Maja zählte die Geste. Extravagante Kleinigkeiten zauberten ihr genauso ein Lächeln ins

Gesicht. Dieses Armband fiel eindeutig unter diese Rubrik.

Zudem war ihnen das Schicksal für dieses Treffen gnädig gestimmt, es tauchten weder der Erzherzog noch andere Störenfriede auf und als die Sterne schon lange am Himmel standen, schlief Maja in Georgs Armen ein, dessen Stimme im Laufe des Abends immer mehr Nicos Klang angenommen hatte.

Ein unsanftes Rütteln riss sie plötzlich aus den schönsten Träumen. Etwas traf ziemlich hart ihre Schläfe. Maja riss die Augen auf. Sie saß im Bus, der eine scharfe Bremsung machen musste, und hatte sich am Fenster heftig den Kopf gestoßen. Burg Sigmundskron verschwand langsam in der Ferne. Die Reiseleiterin erklärte soeben den Paganella-Rastplatz zum ersten Zwischenstopp.

Dort herrschte, wie bei jeder Reise, fantastisches Wetter und so hielt Maja nach einem Besuch auf der Toilette lieber das Gesicht in die Märzsonne, als sich im Restaurant den Bauch vollzuschlagen. Ein paar Spatzen zankten sich zwischen Palmen und Mimosen um die besten Plätze. Maja schaute ihnen lächelnd zu und freute sich auf noch mehr Wärme, je näher sie dem Ziel der Reise kämen. Immer wieder huschten ihre Fingerspitzen über Georgs Geschenk, der nicht nur damit auch für Herzenswärme gesorgt hatte.

Pünktlich versammelten sich alle wieder im Bus und schon ging es zügig auf der Autobahn weiter. Bei Tramin kam Maja eine Felswand erstaunlich bekannt vor. Nicht nur, weil sie hier schon unzählige Male vorbeigekommen war ....

Plötzlich fiel ihr ein, dass sie im Internet immer wieder ein Video von 2014 angeschaut hatte, das hier gedreht worden war. Es zeigte Luftaufnahmen von einem Felssturz, bei dem sich zwei gigantische Brocken gelöst hatten und ins Tal gedonnert waren. Der eine, höher als ein Auto, war genau an der Wand des Wohngebäudes zum Liegen gekommen. Der andere, noch viel größere Felsbrocken, hatte die Nebengebäude plattgewalzt und eine breite Schneise durch die Weinreben gezogen.

Er lag noch heute da, wo er zum Stillstand gekommen war. Maja hatte ihn zum ersten Mal mit eigenen Augen ganz bewusst wahrgenommen und war so tief beeindruckt von der Gewalt der Natur, dass sie völlig vergaß, ein Foto zu machen, um es mit dem Film von 2014 vergleichen zu können.

Als das Castel Beseno, die größte Wehranlage des Trentino, in Sicht kam, widmete sie sich wieder der Schönheit von Natur und Bauwerken aus alter Zeit. Sie erinnerte sich, dass die ersten schriftlichen Überlieferungen zu dieser Burg aus dem dem 12. Jahrhundert stammten. Da waren sie auch schon an Rovereto vorbei, passierten das Montebaldo-Massiv und die Gardasee-Region, um endlich die Po-Ebene zu erreichen.

Zuerst segelte ein Reiher im Tiefflug über den Bus, als wolle er auf dessen Dach landen, dann zog auch schon der berüchtigte Nebel dieser Region auf. Zugleich stellte Maja fest, dass es hier nur noch Krähen mit grauem Körper und schwarzen Flügeln gab, wie sie ihr erstmalig auf der Verona-Reise aufgefallen waren, als man sie zwangsverheiraten wollte. Ein Mann Georgs hatte sie damals gerettet.

Es wäre wirklich besser, du bliebest bei ihm, ließ sich der Schwalbenschwanz vernehmen.

Ach, und du meinst, das hätte ich nicht schon selber festgestellt, schnaufte Maja gereizt. *Vielleicht hast du ja einen heißen Tipp, wie ich das bescheuerte Portal für immer schließen kann, wenn ich wieder mal das Glück habe, Nico zu treffen, wenn er als Ritter Georg erscheint.*

Der Schwalbenschwanz ließ die Flügel hängen.

Du bist unfair, rief der Distelfalter.

Maja gab ihm recht und entschuldigte sich für ihre miese Laune.

Halten wir einfach nach dem Po Ausschau, schlug der Admiral vor, *vielleicht führt er ja diesmal sogar Wasser.*

Nach Georgs knackigem Po würde ich jetzt lieber ausspähen, grinste Maja. *Ob mit Rüstung oder ganz ohne, die Optik ist umwerfend.*

Ihm scheint es aber auch Spaß zu machen, dich an Selbigem ganz fest an sich zu ziehen, blinzelte der Distelfalter.

Maja nickte begeistert. *Seine heißen Hände auf der Haut zu spüren, ist ein Hochgenuss. Erst recht, wenn seine Finger auf dem Weg nach vorn in etwas geraten, das zwar nicht für sie vorgesehen, aber trotzdem sehr passend ist.*

Der Trauermantel riss die Augen auf und schnappte nach Luft.

Pass auf, dass du nicht hyperventilierst, kicherte der Bläuling bei seinem Anblick.

Der Zitronenfalter flatterte auf. *Da ist er!*

Wer? Georg? Maja und die übrigen Falter klebten augenblicklich an der Scheibe.

Quatsch. Der Po. Und er ist randvoll mit Wasser. Der gelbe Schmetterling lachte schallend, womit er auch Majas finstere Grübeleien beendete.

Stattdessen erzählte sie ihnen, was sie erlebt hatte, als sie mit Ritter Georg und Meister Fabian, dem Heilkundigen, vor dem Unwetter fliehen musste, welches die halbe Ebene knietief im Morast versinken ließ.

Als habe der Nebel nur darauf gewartet, lichtete er sich in jenem Moment, als sie an Cremona vorüber fuhren. Wirklich Neues bot die Po-Ebene nicht, und so hing Maja wieder ihren Gedanken an Nico nach, in seiner Erscheinungsform als edler Ritter Georg. Sie konnte ihn sich beim besten Willen nicht als sesshaften Winzer oder Ölhainbesitzer vorstellen. Er war in jedem Körper ein Unruhegeist, der die Freiheit und das Reisen liebte. Die vielen verlassenen und verfallenen Gehöfte der durchquerten Emilia Romagna nährten diese Gedanken eher.

Die mittelalterlich interessante Provinz grenzt an viele andere Regionen. Nördlich an Po, Venetien und die Lombardei. Die Adria schließt sich östlich an, südlich das Apennin-Gebirge, die Toskana und San Marino, im Westen liegen das Piemont und Ligurien. Fast alle dieser Regionen hatte Maja schon besucht. Eigentlich fehlte ihr nur die kleine Republik San Marino in ihrer Sammlung. Ein Grund, irgendwann wiederzukommen.

Oder, hier zu bleiben, wisperte der Distelfalter.

Maja nickte kaum merklich. Georg wusste um ihre Leidenschaft für Ligurien und die Toskana. Nur ging im 21. Jahrhundert das Hierbleiben nicht problemlos, wenn man noch voll im Berufsleben stand. Es war und blieb kompliziert. Der Distelfalter betastete tröstend ihre Hand und Maja schenkte ihm ein dankbares Lächeln.

Soeben bereitete die Reiseleiterin die Gruppe auf die Tunneldurchquerung des schneebedeckten Apennin vor. Aber zuerst sollte bei Cantagallo Mittagsrast sein. Maja rieb sich zufrieden die Hände. Hier waren die Toiletten stets blitzsauber, es gab in Hülle und Fülle Angebote zum Kauf, Restaurants und schnelles freies WLAN.

Bereits 1961 war die Brückenraststätte in Cantagallo nach Plänen des Architekten Melchiorre Bega gebaut worden. Die Eingangsgebäude sind aus Stahlbeton, die Brücken selber Stahlskelettbaukonstruktionen. Als Gast muss man nur schauen, dass man den richtigen Ausgang erwischt, weil man sonst auf der anderen Seite der Autobahn landet.

Maja kannte den Platz bestens von mehreren Reisen. So saß sie flugs auf ihrem Lieblingsbetonklotz in der Sonne, nachdem sie das Stille Örtchen besucht hatte. Hier, in der Toskana, brannte der Stern bereits so heiß, dass Maja schon nach einer Viertelstunde einen leichten Sonnenbrand im Gesicht hatte. Zu Hause, so wusste sie, regnete es stattdessen und es war einige Grad kälter.

Zur rechten Zeit am rechten Ort

Superpünktlich rollte der Bus wieder vom Parkplatz und Maja spähte nach den schier unzähligen weiß und rosa blühenden Bäumen in den Obstplantagen aus. So sah Frühling aus. Zu Hause war daran noch lange nicht zu denken.

„Wenn wir gut durchkommen, können wir noch Orvieto besuchen", erklärte die Reiseleiterin soeben und Maja spitzte die Ohren.

Sie war sich nicht sicher, je von Orvieto gehört zu haben. Vielleicht hatte sie es aber auch so weit verdrängt, dass sie einfach keinen Bezug mehr hatte. Also ging sie völlig emotionslos an die Sache heran. Erst als die Reiseleiterin ansprach, dass es zeitweise der Sitz des Papstes gewesen war, machte es bei Maja *klick*.

Da das 16. Jahrhundert nicht mehr zu ihren Favoriten zählte, hatte sie die Informationen wirklich in den hintersten Gehirnwinkel verbannt. Clemens VII. war 1527 nach Orvieto geflohen, wegen des Sacco di Roma, der Plünderung unter Karl V. durch deutsche Landsknechte und Söldner aus Spanien und Italien.

Im Augenblick glitt der Bus auf Florenz zu, an das Maja ganz wundervolle Erinnerungen hatte.

Hier möchte ich auch gern noch mal hin. Ich würde versuchen, eine oder zwei Museen etwas genauer anzuschauen, seufzte sie.

Das glaube ich dir gern, erwiderte der Schwalbenschwanz, der, wie alle anderen aus dem bunten Schwarm, oft mit Maja über ihre vielen Reisen und die Abenteuer auf der Flucht im Mittelalter gesprochen hatte.

Wir werden bestimmt noch anderthalb Stunden bis Orvieto brauchen, sinnierte der Admiral.

Zwei Stunden, korrigierte Maja die Zeit nach oben. *Auch wenn es gut läuft. Es sind über die A1/E35 fast 167 Kilometer von Florenz bis nach Orvieto und wir sind im Reisebus unterwegs.* Dann wandte sie sich wieder der Landschaft vor dem Fenster zu. Zypressen, Schirmpinien, hin und wieder blühende Obstbäume, Teiche und sumpfige Flächen. Die Pilger des Mittelalters hatten sich eine wahrlich schwere Bürde auferlegt, wollten sie nach Rom kommen. Für viele war es wohl auch die letzte Reise ihres Lebens, denn sie starben an Krankheiten und Entkräftung.

Oder an den Klingen der Wegelagerer, fügte der Distelfalter hinzu.

Erinnere mich bloß nicht daran, stöhnte Maja. *Einer von denen hatte Georg den Todesstoß versetzt. Ich habe furchtbare Angst, dass das wieder geschehen könnte.*

Ohne Meister Fabian im Schlepptau ständen die Chancen auf ein geruhsames Leben aber ziemlich gut, sagte der Admiral in halb fragendem, halb feststellendem Tonfall.

Sicher besser als mit ihm. Maja streckte sich wohlig. *Jetzt bin ich aber erst mal echt neugierig auf Orvieto und begierig, den Ort persönlich kennenzulernen.*

Das begann mit der Passage via Standseilbahn, um den Tuffsteinfelsen zu erklimmen, auf dem die Stadt angelegt worden war. Von da ging es mit einem Shuttle Bus direkt bis an den Dom, Cattedrale di Santa Maria Assunta.

Wow! Das war alles, was Maja für den ersten Moment herausbrachte.

Der prachtvolle Anblick machte sie buchstäblich sprachlos. Erst auf den zweiten Blick bemerkte sie mittelalterlich gekleidete Darsteller, die ein Ereignis begleiteten, das sogar Rundfunk und Fernsehen hierher gelockt hatte.

Mit einem gigantischen Autokran wurde eine große Kiste mit äußerst wertvollem Inhalt über die große Freitreppe durch das weit geöffnete Portal in den Dom gehoben. Leider konnte Maja nicht ergründen, um was es sich bei dem Inhalt handelte. Dazu reichten ihre wenigen italienischen Wortbrocken nicht aus. Aber auch mit Englisch kam sie nicht weiter. So freute sie sich einfach, zur rechten Zeit, am rechten Ort gewesen zu sein, um etwas Bedeutendes miterlebt zu haben.

Allerdings war die Neugier dann doch so groß, dass sie das Internet zu durchforsten begann, um wenigstens einen Zipfel des Geheimnisses zu lüften. Sie wurde fündig!

Ahhhh, schaut mal hier! In der Kiste muss eine Statue sein! Der Innenraum des Doms wird umgestaltet und die Monumentalstatuen der Apostel und Schutzheiligen werden wieder an ihren ursprünglichen Platz gestellt. „Die Verkündigung" von Francesco Mochi, eines der ausdrucksstärksten und wertvollsten Werke des italienischen 17. Jahrhunderts, kehrt ebenfalls in den Dom zurück. Ende des 19. Jahrhunderts wurden die Kunstwerke zur Restauration ausgelagert und sollen nun endlich wieder in die Kathedrale kommen. Kein Wunder, dass hier nun tagelang die Post abgehen wird! Es ist ein wahrhaft epochales Ereignis.

Maja fotografierte das denkwürdige Spektakel von allen Seiten, dann beschloss sie, sich mehr von dem Städtchen auf dem Tuffsteinhügel anzuschauen und tauchte in die engen Gassen ein, in denen die Zeit stehen geblieben zu sein schien, ignorierte man die wenigen Verkehrsschilder.

In einigen der winzigen Geschäfte waren Teile von Ritterrüstungen ausgestellt und man verkaufte kindgerechte Ausrüstungen aus Holz und

Kunststoff. Maja konnte sich gut vorstellen, dass die Kleinen darauf flogen, einmal ein Ritter sein zu dürfen.

Noch eine Kirche und noch eine ... sie schüttelte erstaunt den Kopf.

Orvieto hat um die 20.000 Einwohner, murmelte der Distelfalter.

Die werden ja aber wohl nicht alle in der Altstadt auf dem Plateau wohnen. Maja wanderte schmunzelnd weiter. Gern wäre sie in die Labyrinthe von Kellern, Gängen und riesigen Zisternen dieses beeindruckenden Stadtfelsens abgetaucht, aber dazu reichte die Zeit dann doch nicht. *Vielleicht sollte ich die grandiose Altstadt bald wieder auf den Reiseplan setzen. Ich habe ja noch nicht mal den Brunnen Pozzo di San Patrizio gesehen, geschweige denn die Artefakte aus der Etruskerzeit.*

Die Gedankenschmetterlinge schauten Maja neugierig an. *Was ist so besonders an dem Brunnen?*

Alles. Er geht auf eine Initiative von Papst Clemens VII. zurück, als dieser hierher fliehen musste. Um sich hier erfolgreich einer möglichen Belagerung zu widersetzen, musste die Wasserversorgung des Plateaus gesichert werden.

Der geniale Antonio da Sangallo entwarf ein raffiniertes Bauwerk aus zwei ineinander verschachtelten Wendeltreppen, die sich nie kreuzen. Die Wasserträger, die hinauf stiegen, kamen sich also nie mit denen ins Gehege, die mit leeren Behältern herabkamen.

Der Brunnen bekam schon kurz nach seiner Fertigstellung im 16. Jahrhundert den Status, etwas ganz Besonderes zu sein.

Maja frönte wieder mit voller Hingabe dem Fassadengucken. Palazzi aus verschiedenen Epochen des Mittelalters und der Renaissance mit wirklich wundervollen Vorderfronten schrien geradezu nach Beachtung und versuchten mit dem Dom mitzuhalten.

Hier ein Faungesicht, da ein Engel oder großflächige Fresken Ton in Ton – vor der Herrlichkeit des Doms wirkten sie alle wie graue Mäuse.

Die Sonne schickte soeben ihre Strahlen direkt auf das Bildnis von Marias Himmelfahrt über dem großen Portal, ließ das Gold erstrahlen und die Figuren geheimnisvoll in den Hintergrund treten.

Fast scheint es, als geschähe alles nur für dich, wisperte der Distelfalter ergriffen.

So fühle ich mich auch, gab Maja zu. *Es ist wie ein innerliches Schweben. Als sollte ich vor diesem Kunstwerk verstehen, wie ich das Zeitentor für immer schließen kann, wenn ich endgültig zu Ritter Georg gefunden habe.*

Was hält der Mann ganz links in der Hand? Der Schwalbenschwanz flog etwas höher hinauf, um besser sehen zu können. *Einen Gürtel,* meldete er nach unten.

Das ist der Apostel Thomas, erklärte Maja. *Er zweifelte sowohl die Auferstehung Christi an als auch die leibliche Aufnahme Marias in den Himmel. Daher der landläufige Ausdruck „der ungläubige Thomas". Maria hat ihm ihren selbst aus Kamelhaar gefertigten Gürtel in einer Erscheinung vom Himmel herab gereicht, um ihn zu überzeugen.*

Der heilige Gürtel Marias ist die meist verehrte Reliquie der orthodoxen Christen. Er wird übrigens im griechischen Vatopedi-Kloster auf dem Berg Athos aufbewahrt.

Wow! Diesmal waren die Falter beeindruckt, was Maja alles wusste.

Auf dem Rückweg zum Shuttle Bus erspähte Maja einen Automaten mit Gedenkmünzen. Natürlich entlockte sie ihm eine, um ihre Sammlung zu komplettieren.

Am Shuttle warteten schon einige aus der Reisegruppe, die ebenfalls den schnellen Transfer dem Laufen vorzogen. So war an der Bergstation der Standseilbahn noch genügend Zeit, auch noch die Festung Albornoz, La Fortezza di Albornoz a Orvieto, zu fotografieren und einen Blick über das wundervolle Land zu Füßen des Plateaus zu werfen.

Im strahlenden Blau des sonnigen Tages wirkten selbst die wuchtigen Festungsmauern einladend und man konnte unendlich weit in die Ferne schauen.

Ein kleines bisschen erinnert mich diese, aus dem natürlichen Stein gewachsene, Festung an Königstein, schmunzelte Maja. *Hier wie da hatten es Eindringlinge bestimmt nicht leicht, hinauf und hinein zu gelangen. Man konnte sie schon meilenweit sehen und sich auf Ungemach vorbereiten. Albornoz wurde 1359 gebaut, mehrmals zerstört und 1450 endgültig wieder aufgebaut. Heute sind hier Parkanlagen zur Erholung, mit wundervollem Blick über das weite Tal.*

Viele Wege führen durch Rom

Auch diesmal waren alle Reisenden wieder pünktlich an der Standseilbahn und so traf die Gruppe geschlossen am Bus ein, der die letzte Etappe nach Rom in Angriff nahm. Es ging an Teichen und sumpfigen Stellen vorbei, an denen hin und wieder Reiher standen.

Ein braunes Pferd, das einsam durch die morastige Landschaft trabte, fesselte Majas Aufmerksamkeit. Was tat es hier so allein? Wo kam es her? Wem gehörte es? Das Tier hatte etwas Unwirkliches und trotzdem war es da.

Vielleicht ist ja durch ein Portal gekommen und weiß gar nicht, wie ihm geschieht, merkte der Schwalbenschwanz an.

Mag sein, erwiderte Maja. *Es sieht tatsächlich irgendwie verloren aus. Weit und breit kein Haus, kein Mensch – nur Wiesen, Wasser und die Autobahn. Verrückt ist, dass es auf verblüffende Weise dem Braunen ähnelt, auf dem ich mit Ritter Georg nach Ligurien geritten bin.* Sie spielte unbewusst mit ihrem neuen Armband, das eigentlich hätte gar nicht mit ins 21. Jahrhundert kommen können.

Der Distelfalter bemerkte es, betastete das Metall vorsichtig mit seinen Fühlern und schaute dem Pferd nachdenklich hinterher. *Wie heißt die Gegend hier überhaupt?*

Das ist Lazio oder Latium. Wir kommen übrigens bald an das Tal des Tibers. Maja fielen unzählige Filme über das alte Rom ein und über die Findigkeit der Römer, das Wasser unter ihren Willen zu zwingen.

„Bis zum Vatikan sind es vom Hotel aus vier Kilometer", hörte Maja soeben die Reiseleiterin sagen und dachte: *In Anbetracht dessen, dass Rom auf sieben Hügeln erbaut wurde, hat die Sache sicher einen Haken.* Zu Hause waren es ja auch nicht mal anderthalb Kilometer bis ins Stadtzentrum. Aber die Hügel dann auf dem Heimweg wieder raufkraxeln war die andere Seite der Medaille. Sie sollte am nächsten Tag feststellen, dass sie sich nicht geirrt hatte, als sie vorsichtig genug gewesen war, den Bus zu nehmen.

Im Augenblick verließ der Reisebus gerade die Autobahn und kämpfte sich durch den Feierabendverkehr zur Hotelburg durch. Zufahrt und Wendeschleife vor dem gläsernen Eingang sahen schon mal recht einladend aus, mit ihren wundervollen Palmen, stellte Maja erfreut fest. Als sie dann auch noch ein Zimmer in der 5. Etage mit Blick nach hinten, auf den wundervollen palmengesäumten Pool bekam, war die Welt in Ordnung. Zu dieser Jahreszeit werde es sicher ruhig sein, da das Wasser, trotz der sonnigen Tage, noch äußerst vornehm unterkühlt war.

Zufrieden? Die Schmetterlingsgedanken gaukelten durch den Raum, um alles genauestens zu untersuchen.

Sehr zufrieden, bejahte Maja, ihren Koffer öffnend, sich die Hausschuhe und einen dünneren Pulli für das gemeinsame Abendessen der Reisegruppe herausklaubend. Dem Distelfalter fiel wieder das Armband ein. Er hielt es für angebracht, auch Schwalbenschwanz und Admiral darauf hinzuweisen.

Was flüstert ihr die ganze Zeit? Gibt es Dinge, die ich wissen sollte? Maja runzelte die Stirn.

Wir versuchen, zu ergründen, was es mit dem Armband auf sich hat, erklärte der Distelfalter. *Du konntest bisher nie materielle Dinge aus anderen Zeiten mitnehmen. Sie sind stets da geblieben, wo man sie gefertigt hat.*

Maja schaute sowohl die Falter als auch das Armband verblüfft an. Die kleinen Biester hatten recht! Zudem fühlte es sich warm an. Die Sonne schien aber nicht mehr. Maja fiel die Darstellung am Dom ein, die Erscheinung Marias, die Thomas ihren Gürtel gereicht hatte. Der Strahlenkranz der Muttergottes erinnerte an eine Sonne, der Gürtel an ein Band.

„Gürtel ... Band ... binden ... an sich binden ... Armband ... mit einem Gürtel etwas festhalten, festbinden ...", flüsterte Maja mit geschlossenen Augen. „Wärme und körperliche Nähe fühlen, wenn ich das Armband trage. Genau das hatte Georg gewollt. Thomas hat den Gürtel erhalten, um an das glauben zu können, was er für unmöglich hielt. Ich das Armband. Wahrscheinlich aus dem gleichen Grund. Ich soll zuversichtlich sein, und daran glauben, dass ich für immer zu Ritter Georg gelangen kann, um mit ihm glücklich zu werden."

Die Schmetterlinge nickten sich verschwörerisch zu. In Maja schien langsam einen Entschluss zu reifen.

„Ach! Gehen wir essen! Ich mag nicht weiter darüber nachdenken."

Das nahmen ihr die Falter auf keinen Fall ab, ließen den Satz aber unkommentiert, um ihr die gute Laune nicht zu verderben. Sie hatte ein paar schöne Tage dringend nötig.

Es wurde ein richtig lustiger Abend bei Pasta und Wein. Maja lachte mit den anderen, auch wenn sie die Ohren besonders spitzen musste, um den österreichischen Dialekt nicht nur akustisch verstehen zu können. Sie liebte es, sich in Abenteuer zu stürzen und mit Gleichgesonnenen Spaß zu haben. Die Gedankenfalter hockten, für die anderen unsichtbar, auf Majas Tasche und amüsierten sich nicht minder.

Entsprechend gut gelaunt, freute sich Maja auf den kommenden Tag. Als sie das Fenster in ihrem Zimmer zuziehen wollte, gewahrte sie die nächste angenehme Überraschung – der Pool wurde nachts mit mehrfach wechselndem farbigen Licht erhellt, was fast märchenhaft aussah.

Ein Ort, zu dem nachts sicher wunderschöne Elfen und Feen zum Baden kommen, blinzelte sie.

Am Morgen hatten sich die geflügelten Wesen plötzlich verwandelt, um nicht von den Menschen erkannt zu werden. Zumindest erklärte das Maja im Brustton der Überzeugung den Schmetterlingsgedanken, weil eine Handvoll großer Möwen fröhlich im Wasser planschte.

Ahhh jaaa, meinten die Schmetterlinge nur und feixten sich eins.

Sechs Uhr fünfzehn tigerte Maja zum Frühstück und war auch fast zwanzig Minuten vor der vereinbarten Zeit am Buswarteplatz, um sich draußen noch etwas umzusehen. Zwei Aaskrähen, die Maja lieber mit ihrer Farbschlagvariante als Nebelkrähen bezeichnete, sammelten eifrig Nistmaterial am Rande der Wendeschleife vor dem Hotel.

Sie hüpften und schnäbelten, sprachen sich krächzend ab, was zu tun sei, und knickten die

Zweige schon vor dem Transport auf eine ihnen genehme Größe. Nach eingehender Begutachtung des Ergebnisses nahmen sie jeweils einen Packen Zweige auf und segelten davon.

Fliegende Pinguine, schmunzelte der Admiral, dem die stattlichen Vögel mit dem grauen Körper, mit schwarzem Lätzchen, Kopf, und ebensolchen Schwanzfedern und Flügeln gut gefielen.

Von der Größe könnte es fast passen, lachte Maja. *Es sind wundervolle Tiere. Sie sehen wirklich aus, als trügen sie einen eleganten Gehrock, graue Weste und schwarzes Vorhemd. Und es beruhigt mich, dass sie nur zu zweit sind. Also hat hier, hoffentlich, keiner vor, mich mit irgendwem zwangs zu verheiraten.*

Georg würdest du ja freiwillig nehmen, warf der Distelfalter grinsend ein. *Vielleicht sind es seine Trauzeugen?*

Maja schaute den orangefarbenen Falter so verblüfft an, dass der ganze Schwarm in schallendes Lachen ausbrach. Da nahten auch schon die Ersten aus der Reisegruppe, was die interessanten Gedankenspiele unterbrach.

Über die Via Aurelia und die Via Gregorio VII ging es ins antike Zentrum der Stadt. Maja beobachtete kopfschüttelnd den Wahnsinnsverkehr. Schon in ihrem Provinznest, wie sie die heimatliche Großstadt stets nannte, war er kaum auszuhalten, aber nur ein lauer Furz gegen das hier.

Am Tiber entlang ging es zum Circus Maximus, dessen vergangene Pracht man beim Anblick der grasbewachsenen Fläche kaum noch erahnen kann. Das gigantische Stadion war den Wagenrennen vorbehalten gewesen, deren Teilnehmer das langgestreckte Oval meist sieben Mal umrunden mussten. Ein Teil der Tribünen muss aus Holz gewesen sein, denn die Geschichtsschreiber berichten von tausenden Toten im fünfstelligen Bereich, wenn die Reihen zusammenbrachen. Im Jahr 549 fand unter Totila, dem Gotenkönig, das letzte Rennen statt und die Römer schufen aus dem wertvollen Marmor des ungenutzten Areals neue Baukunst.

600 Meter lang, ein Drittel so breit und bis zu 300.000 Zuschauer, staunte Maja.

Durch die marmorne Kaiserloge war das Areal direkt mit den Palästen auf dem Hügel verbunden gewesen. Von denen kündeten nun aber auch nur noch Ruinen, unterhalb denen der Bus nach der Tiberüberquerung hielt und alle ausstiegen. Hier stieß auch die einheimische Stadtführerin zur Gruppe und jeder bekam einen „Knopf ins Ohr", um sie überall deutlich verstehen zu können.

Maja folgte schmunzelnd dem österreichischen Fähnchen der Reiseleiterin, um sich im Gewirr der unzähligen Besucher Roms nicht zur falschen Gruppe zu verirren. Die anderen kannten sich untereinander meist schon lange, Maja hatte sie am Vortag erst kennengelernt. Da konnte man nicht umsichtig genug sein.

Nicht, dass du doch noch den Erzherzog heiraten musst, stichelte der Schwalbenschwanz. *Der könnte sich beim Papst gleich den Segen für offizielle Vielweiberei holen, wenn er es schlau anstellt.*

Der Graf von Gleichen lässt grüßen? Maja grinste bei diesem Gedanken. Mit Katharina werde sie bestimmt nicht gut auskommen, da wäre vorprogrammiert, dass beide Vorkoster bräuchten und bis an die Zähne bewaffnete Wächter, die weder die eine noch die andere auch nur eine Sekunde aus den Augen lassen dürften. Maja würde ihr, Auge um Auge, und Zahn um Zahn, jede Kleinigkeit mit gleicher Münze zurückzahlen. Das nicht einmal mit eingerechnet, was jetzt schon geschehen war.

Na, da hab ich was angerichtet, murmelte der Schwalbenschwanz erschreckt.

Was willst du? Wir sind im antiken Rom und da ging es nie zimperlich zu, lästerte Maja.

Das erschreckt mich ja gleich doppelt, erwiderte der Falter beunruhigt. *Im Augenblick kann ich sogar die*

Panik des Trauermantels recht gut verstehen. Wir operieren hier mit unbekannten Größen.

Oper - rieren ist gut, kicherte Maja. *Da vorn ist schon das Kolosseum.*

Du bist albern, protestierte der Falter.

Ist das neu? Maja schaute ihn herausfordernd an und fügte rasch hinzu: *Wie's kommt, so kommt's. Ich kann es nicht beeinflussen. Bestaunen wir einfach die grandiosen Bauwerke und Überreste einer längst vergangenen Zeit und genießen die herrliche Märzsonne.* Sie band sich den Pferdeschwanz neu.

Du trägst dein Armband? Hast du gar keine Angst, es hier zu verlieren, staunten die Falter, als das Schmuckstück Georgs aus dem Ärmel der Jacke hervorschaute.

Ohne es würde ich mich nicht komplett fühlen, erklärte Maja mit einem verlegenen Lächeln, *auf merkwürdige Weise nackt und schutzlos. Ich weiß auch nicht, warum das so ist.*

Die Schmetterlinge schauten sich bedeutsam an.

Wisst ihr eigentlich, dass jener Papst, Innonenz VIII., der zu des Erzherzogs Zeiten residierte, eher eine Hexenjagd vom Zaun gebrochen hätte, als ihm ein zweites Weib zu genehmigen? Er wurde durch das Vorantreiben der Inquisition, besonders in Deutschland, bekannt.

Die Schmetterlinge entfärbten sich erschreckt und wären glatt als Kohlweißlinge durchgegangen.

Schaut euch mal den sogenannten „Hexenhammer" an! Man munkelt sogar, er habe daran mitgewirkt. Andererseits war er stets klamm bei Kasse. Er hat sogar Teile des päpstlichen Kronschatzes, Mitra und Tiara verpfändet. Wenn ihm der Erzherzog einen Batzen Geld unter die Nase gehalten hätte, wären vielleicht sogar drei Ehefrauen rausgesprungen, witzelte Maja. *Er war auch noch einer von den Päpsten, die selbst ausprobiert hatten, was man mit Frauen machen konnte. Er hatte nämlich einen ganzen Schwarm Kinder, die zu Herzögen von Massa und Carrara wurden.*

Der Schwalbenschwanz kletterte auf Majas Hand. *Bitte, bitte, pass gut auf dich auf! Hier, an diesem Ort, sind ganze Ströme von Blut vergossen worden!*

Ich versuche es, versprach sie, wieder den Erklärungen der Stadtführerin zum Kolosseum lauschend.

Im Jahr 80 war das gigantische Amphitheater von Titus eingeweiht worden. 5000 Raubtiere waren dafür in den 100 Tagen hingemetzelt worden, über die man die Zeremonien hinzog. Mit Stehplätzen passten etwa 70.000 Personen in das gewaltige Bauwerk. Man hatte 100.000 Kubikmeter Travertin verbaut und rund 300 Tonnen

129

Eisen zu Halteklammern für die Steinblöcke gegossen.

Maja seufzte. Selbst heute bietet die Ruine noch einen imposanten Anblick und zeugt von der Herrlichkeit der römischen Baukunst. Die ausgeklügelte Technik im Inneren lässt auch jetzt noch Ingenieure staunen.

Maja staunte nicht minder, als sie das Bauwerk auf dem alten originalen römischen Pflaster umrundete. Wer mochte hier wohl schon entlang gegangen sein und auf genau jenem Stein gestanden haben? Bei diesen Gedanken kroch sie plötzlich eine innere Kälte an, die nicht einmal von der Sonne gemildert werden konnte. Es war, als warnten sie die vielen hier zum Spaß und Zeitvertreib anderer Dahingemordeten eindringlich davor, die ehemalige Arena des Todes zu betreten.

Sie beschattete die Augen mit der Hand, um im grellen Sonnenschein den oberen Rand der Fassade zu betrachten. In alter Zeit waren Sonnensegel da oben, welche die Zuschauer vor dem gleißenden Licht und der Hitze schützten. Wieder lugte das Armband aus dem Ärmel. Maja zuckte zusammen und verlor jede Farbe aus dem Gesicht.

Was ist passiert, fragten die Schmetterlinge entsetzt.

Maja war mit erhobenem Arm stehen geblieben, starrte das Schmuckstück, dann wieder das Bauwerk an. *Es ist eine Warnung,* flüsterte sie mehr zu sich selbst. „*Hüte dich vor den Iden den März und bleibe besonders dem Kolosseum fern!*" *Wir haben gerade die Iden.*

Der Distelfalter nickte. Die anderen Schmetterlinge schauten ihn groß an: *Verstehst du, was sie meint?*

Ja. Seht ihr das denn nicht auch? Der orangefarbene Falter schüttelte fassungslos den Kopf. *Das Armband ähnelt dem Aufbau des Kolosseums. Die drei Plattenreihen mit den Kugeln darüber sind die Bögen und ganz oben der gerade Abschluss. Gaius Iulius Caesar war genau heute, am 15. März des Jahres 44 vor Christus, ermordet worden.*

Gütiger Himmel, rief der Schwalbenschwanz, *er hat recht!*

Maja ließ den Arm sinken, öffnete das Armband und zeigte ihnen die Innenfläche, die wie eine Ziegelmauer anmutete. *Es ist eine ganz konkrete Warnung. Wenn ich mich nicht fernhalte, werde ich bei lebendigem Leib eingemauert. Das war in alter Zeit eine beliebte Strafe hierzulande, wenn eine Vestalin beim Fehltritt erwischt wurde. Man gab der Verurteilten eine brennende Kerze, damit sie Licht hatte, und einen Krug Wasser mit. Man hatte ja schließlich Mitleid. Den betreffenden Herrn geißelte man mit einem Flagrum und verbannte ihn anschließend, wenn er die Folter überlebte.*

Was ist ein Flagrum, fragte der Distelfalter sehr vorsichtig.

Maja räusperte sich. *Es ist eine Peitsche mit mehreren Riemen, deren Enden mit Bleistücken beschwert sind, wobei jene mit Widerhaken wohl auch die Wider-*

lichsten waren, weil sie ganz Fleischstücke herausreißen konnten.

Der Schwalbenschwanz schüttelte sich angeekelt. *Das glaube ich auf 's Wort. Tu mir bitte einen Gefallen: Geh nicht ins Kolosseum.*

Versprochen, erklärte Maja ohne Bedauern. Der Schock der Erkenntnis saß tief. Nico, alias Ritter Georg, oder manchmal auch Iulius Caesar, wusste genau, wohin das Portal im Inneren des Amphitheaters führte, und dass es nicht nur Majas Verderben sein werde, beträte sie diesen Pfad. *Ich werde vorerst direkt in der Nähe der Fremdenführerin bleiben und mich selbst vom Marcellus-Theater fernhalten. Es wurde nämlich unter Caesar gebaut, im Mittelalter als Burg genutzt und sieht dem Armband in einigen Teilen irgendwie auch ähnlich.*

Wenn Maja so reagierte, das wussten die Falter, fühlte sie drohendes Unheil sogar körperlich. Nur ließ sie sich nichts weiter anmerken. Sie lauschte den Worten zum Konstantinsbogen auf dem Vorplatz des Kolosseums.

Der Bogen ist so reich mit Figuren und Reliefs geschmückt, dass man ihm allein einige Stunden widmen könnte, wollte man alle geschichtlichen Daten ansprechen. Seine Ausstattung war aus Teilen älterer Denkmäler, der Kaiser Marcus Aurelius, Hadrian und Trajan, zusammengestellt und durch einige Tafeln der Taten Konstantins ergänzt worden.

Maja schmunzelte. Niemand beherrschte das Kunst- und Baumaterialrecycling perfekter als die alten Römer. Was nicht mehr genutzt wurde, trug man ab und erschuf neue Bauwunder daraus. Erstaunlich, dass sich trotzdem so viele berauschend schöne Fragmente bis ins 21. Jahrhundert gehalten haben. Selbst die vielen Erdbeben haben es nicht geschafft, die grandiosen Ruinen völlig zu zerstören.

Die Erklärungen wandten sich dem Tempel der Venus und der Roma zu, nachdem der Koloss des Nero besprochen worden war, wegen welchem man schließlich das flavische Amphitheater Kolosseum genannt hatte.

Um zu den Ausgrabungsfeldern zu kommen, reihte sich die Reisegruppe in die Fridays for Future Demo ein. Die Jugendlichen zogen friedlich, mit wirklich durchdachten Plakaten, durch die Stadt und so hatte auch keiner ein Problem, ein Stück des Wegs mit ihnen zu gehen.

An der Basilika des Maxentius sammelte sich die Reisegruppe. Auch hier zückte die Stadtführerin ihr Buch, um allen einen Eindruck zu vermitteln, wie die immer noch prachtvoll anzuschauende Ruine einst ausgesehen hatte. Ein Erdbeben im Jahr 1349 versetzte der im 4. Jahrhundert gebauten über 35 Meter hohen Basilika den Todesstoß. Kaiser Maxentius hatte aber die Einweihung seiner Basilika auch nicht erlebt, er starb bei der Schlacht von 312, in der er gegen Konstantin verlor.

Krieg, Krieg, immer nur Krieg, murmelte der Distelfalter traurig. *Als würde es nicht reichen, wenn Naturgewalten und Seuchen Schaden anrichten.*

Goldene Worte, mein kleiner Freund. Maja sah das genau so. Zudem flog die Menschheit auf den Mond, schaffte es aber nicht, auf dem eigenen Planeten irgendwas in die Reihe zu bringen, wie ja auch die immer noch stattfindende Demo deutlich genug zeigte.

„Da drüben war das Haus der Vestalinnen", erklärte die Stadtführerin soeben.

Du gehst aber nicht zu den Resten! Der Schwarm Gedankenschmetterlinge sprach die Forderung im Chor, mit einem Tonfall, der keinen Widerspruch duldete.

Versprochen. Mir geht noch immer der Hintern auf Grundeis, gab Maja zu. *Obwohl man damals zum Tode Verurteilte begnadigte, begegneten sie einer Vestalin.*

Bla, bla, bla! Einer verurteilten Vestalin hingegen, konnte begegnen, wer wollte, sie wurde trotzdem hingerichtet, grollte der Admiral.

Ist ja schon gut, ich werde brav sein. Maja begnügte sich wirklich damit, zu fotografieren, ohne in den zugänglichen Ruinen herumzuwandern. Sie stiegen die vielen Stufen zum Nationalmuseum hinauf und schauten die Ausgrabungsfelder von oben an.

Der Distelfalter tippte Maja vorsichtig an. *Warum hat die Kirche, da links drüben, so ein komisches Dach?*

Maja wollte schon fragen, woher sie das wissen solle, als sie große Augen bekam. *Ach herrje! Das kann ich dir sogar ganz genau erklären. Darüber habe ich vor Jahren im Fernsehen erfahren! Ich habe die Kirche von unten gar nicht erkannt! Aber der Blick von hier ist eindeutig. Das ist die Chiesa di San Giuseppe dei Falegnami. Sie wurde über dem Mamertinischen Kerker erbaut, in dem die Apostel Petrus und Paulus eingekerkert gewesen sein sollen. Das komische Dach rührt daher, dass es einen Tag vor einer Hochzeit teilweise eingestürzt ist. Das war 2018. Man hat es aus der Not heraus anders geschlossen, als es vorher aussah.*

Der Falter nickte andächtig. *Die Schicksalsgötter scheinen hier einen komischen Humor zu haben.*

Ich bin schon froh, dass sie überhaupt welchen haben, erwiderte Maja, *sonst hätte ich das Armband einfach als Armband gesehen und wäre ins offene Messer gelaufen.*

Ist wohl auch so eine Art Warnung, Ritter Georg lieber woanders zu heiraten, weil hier die Dächer ein Eigenleben haben, murmelte der Schwalbenschwanz.

In Erdbebenregionen weiß man nie ganz genau, wann sich in einem Bauwerk so viel Spannung durch die Bewegungen aufgebaut hat, dass Teile einfach einstürzen, seufzte Maja.

Sie ließ noch einmal den Blick über das antike Areal schweifen, dann stiegen sie auf einer anderen Seite des Hügels schließlich wieder unzählige Stufen hinunter, um die berühmte Spanische Treppe aufzusuchen, die eigentlich Scalinata di Trinità dei Monti heißt, wo wieder ein längerer Aufenthalt zum Staunen und Fotografieren eingelegt wurde. Der deutsche Name leitet sich vom Spanischen Platz ab, der am unteren Ende der vielen Stufen liegt.

Maja verkniff es sich, die 136 Stufen hinauf zu steigen, um dabei die 23 Höhenmeter zu überwinden. Sie waren schon etliche Kilometer gelaufen, zu denen bestimmt noch einmal genau so viele hinzukommen sollten.

Ich bin ja nicht hier, um Rekorde aufzustellen, schmunzelte sie, weil die Falter lästerten. Der einzige Rekord bestand ganz sicher wieder darin, von allen die meisten Fotos zu schießen. Dabei war und blieb Maja stets unübertroffen.

Danach ging es durch die kleinen Straßen zum Trevi-Brunnen, wo sich die Gruppe zur individuellen Mittagsrast trennte.

Maja erwischte eine Stelle, wo ihr niemand vor die Linse lief, obwohl die Besucher wie Ölsardinen in der Büchse am Rand des Brunnens standen. Ziemlich zufrieden schlenderte sie durch die umliegenden Gassen, auf der Suche nach einem besonderen Eis. Sie wurde sogar für einen bezahlbaren Preis fündig und wanderte mit ihrem Leckerli weiter.

Eine der Gassen war völlig verwaist, obwohl sich in allen anderen die Touristen drängten. Maja dachte sich nichts dabei und lief einfach weiter. Anhand des Stadtplans werde sie den Rückweg zum Brunnen schon irgendwie finden. Zudem konnte man notfalls nach dem Weg fragen.

Kehre lieber um, baten die Falter, weil wirklich keine Menschenseele zu erblicken war, und Maja folgte dem gut gemeinten Rat.

Etwa 50 Meter vor dem Trevi-Brunnen tauchten aus verschiedenen Hauseingängen plötzlich mehrere Schwarzafrikaner auf, die Maja massiv mit der Antänzer-Masche bedrängten. Die Gedankenfalter hielten den Atem an. Nur gut, dass Maja ihre Tasche quer über die Schulter vor dem Bauch und mit den Reißverschlüssen zum

Körper zeigend trug. Sie zog sogar noch die Jacke instinktiv halb darüber und vereitelte jeden Versuch, an den Inhalt zu kommen.

Dann versuchten es die sieben Männer mit dem Rosentrick, der bei Maja ebenfalls komplett ins Leere lief. Inzwischen hatte sie sich in direkte Nähe des Brunnens durchgekämpft, wo an jeder Ecke mehrere Uniformierte mit Maschinenpistolen im Anschlag für Sicherheit sorgten und die lästigen Typen zogen sich schlagartig zurück.

Andere hätten garantiert um Hilfe gerufen, kommentierte der Schwalbenschwanz, als Maja in die nächste Gasse eintauchte, in der mehrere Bewaffnete patrouillierten.

Das wäre wirklich der allerletzte Weg gewesen, schmunzelte sie. *Ich reagiere eben immer etwas anders, als man allgemein erwartet. Gerade ihr müsstet wissen, dass ich im Augenblick der Gefahr immer ruhig werde, um mir selber helfen zu können. Gegen so viele Kerle hätte ich im Ernstfall eh keine Chance gehabt, also konnte ich nur versuchen, sie hinzuhalten.*

Was dir mit der Diskussion über die Rose und deine bunten Schuhe ja auch fantastisch gelungen ist, lobte der Admiral.

Ich rücke eben meine mühsam verdienten Kröten nur ungern an Schnorrer und Taschendiebe heraus. Maja zückte das Portmonee, um an einem Kiosk eine

Kleinigkeit als Mitbringsel zu kaufen. *Da beglücke ich doch lieber jemanden, der es wert ist, mit einem kleinen Geschenk aus der großen weiten Welt.*

Dann setzte sie sich in unmittelbarer Nähe des Brunnens auf eine Bank und wartete auf die anderen, wobei sie über alles nachsann, was sie über den Brunnen gehört und gelesen hatte.

Wirfst du gar keine Münze hinein, um wiederzukommen, staunte der Zitronenfalter.

Wie denn? Maja zeigte auf die Menschenmassen. *Wenn es für mich so bestimmt ist, dann komme ich auch ohne Münze wieder.*

Du bist unromantisch, schnaufte der Bläuling.

Maja schloss sich lachend wieder der Stadtführerin an, die über den Knopf im Ohr die neue Marschrichtung vorgab.

Ich bin froh, dass sie alles so abgebrüht hinnimmt, flüsterte der Admiral den anderen zu.

Ja, andere dürften jetzt komplett panisch reagieren, da würde ein komischer Blick von irgendwem genügen, pflichtete ihm der Schwalbenschwanz bei.

Sie steht unter einem sehr mächtigen Schutz, sagte der Distelfalter mehr zu sich selbst, während Maja schon vor Freude strahlend auf das Pantheon zusteuerte, vor dem nicht einmal eine Warteschlange war.

Sie tauchte in das Zwielicht der oben offenen Kuppel ein und fühlte mit allen Sinnen die Jahrtausende, welche das imposante Gebäude schon überdauert hatte. Einst vielen Göttern gewidmet, trug es nun, vermutlich im Jahr 609 zur römisch-katholischen Kirche umgeweiht, den offiziellen Namen Santa Maria ad Martyres.

Maja badete geradezu in den Energien dieses Kraftknotens. Jedes Detail sog sie in sich auf und freute sich, dass gerade eben eine besondere Messe mit wundervollem Chorgesang abgehalten wurde. Besonders an den hohen Feiertagen mussten das denkwürdige Ereignisse sein, hier teilnehmen zu dürfen. Und das konnte wohl auch nicht jeder, weil auch in einem riesigen Gotteshaus der Platz begrenzt war.

Wieder mal zur richtigen Zeit am richtigen Ort, flüsterte sie mit tiefer Zufriedenheit. *Das Tüpfelchen auf dem i wäre jetzt das Buch der Stadtführerin. Ich muss es haben!*

Am Vatikan soll es zu kaufen sein, hat sie doch gesagt, warf der Bläuling vorsichtig ein.

Der nächste grandiose Anlaufpunkt mit längerem Aufenthalt war der Vierströmebrunnen, Fontana dei Quattro Fiumi.

Die damals bekannten vier Kontinente werden durch vier muskulöse Männer dargestellt. Sie symbolisieren die vier Flüsse Donau, Ganges, Nil und Río de la Plata, die von Pflanzen der betreffenden Regionen umgeben sind. Auf dem

Obelisken in der Mitte ist eine der letzten hiero-glyphischen Inschriften zu sehen. Er stammt aus dem Isis-Tempel Domitians, Iseum Campense.

Maja umrundete das imposante Kunstwerk, orientierte sich kurz und stieg schnurstracks die Stufen zur dahinter gelegenen Kirche Sant'Ag-nese in Agone hinauf. Da saß sie nun in einer der Bankreihen und ließ den Blick über die wun-dervollen Gemälde und Skulpturen schweifen. Das Schicksal der Heiligen Agnes von Rom war auch typisch für die damalige Zeit. Es war wohl auch kein Zufall, dass es Maja gerade heute, gerade hier hingezogen hatte. Sie berührte ins-tinktiv das Armband und seufzte tief.

Die Füße wollen wohl nicht mehr, meinte der Schwalbenschwanz, als Maja schließlich unwillig die Augenbrauen zusammenzog.

Sie schmunzelte. *Nein, das hält sich in Grenzen. Mich ärgern nur die Piktogrammanalphabeten. Ich hätte auch gern fotografiert, aber es ist verboten. Und daran halte ich mich.*

Sie erhob sich, um auch noch den Neptun-brunnen, die Fontana del Nettuno, am Nor-dende der Piazza Navona zu besuchen. Nach zwei Runden um den Brunnen blieb sie unschlüssig stehen. Es war bestimmt noch eine halbe Stunde Zeit bis zum Treffen mit der Gruppe.

„Hach, genau das, was der Arzt verordnet hat!", rief sie erfreut unter den verständnislosen Blicken der am Brunnenrand Sitzenden.

Die Falter flatterten erschreckt auf, als sie mit wehenden Rockschößen buchstäblich davonstob. Was mochte wohl so aufwühlend sein?

Oh, ein Informationspunkt mit großem Verkaufsraum, rief der Distelfalter. *Na, was wird sie wohl da drin suchen?*

Sie sucht nicht, sie hat schon gefunden, lachte der Admiral, als Maja zielsicher ins Regal griff.

Nicht mal eine Handvoll Exemplare der deutschen Version des begehrten Buches hatte dort gestanden und Maja blitzschnell zugeschlagen, ehe ihr jemand die allerletzten Exemplare vor der Nase wegkaufen konnte. Sie zahlte, eilte zur nächstgelegenen freien Bank und tauchte in die farbigen Welten des alten Rom ein, welche die Folien, die man über die Bilder vom heutigen Zustand legen konnte, wiederauferstehen ließ.

Da sieht aber jemand richtig glücklich aus, stellte der Schwalbenschwanz blinzelnd fest, worauf der ganze bunte Schwarm heftig nickte.

Von der Piazza aus wanderte die Gruppe zurück zum Bus, um das Hotel anzusteuern. Maja überlegte nicht lange, wo sie zu Abend essen werde. Sie bestellte sich in der Bar eine große Pizza Margherita und ein Glas Wein, worüber sich die beiden Barkeeper doch etwas wunderten, denn Maja war der einzige Gast. Die Schmetterlinge feixten sich eins über die verstörten Gesichter. Maja war und blieb ein Phänomen. Wenn die sich was in den Kopf gesetzt hatte, dann zog sie es durch.

Später saß sie dann im Bett und schmökerte weiter in ihrem Buch, bis ihr irgendwann die Augen zufielen.

Schritt für Schritt, treppauf, treppab

Am nächsten Morgen war sie die Erste aus der Reisegruppe, die den Frühstücksraum betrat, der allerdings schon brechend voll war. Einige koreanische Gruppen bereiteten sich auf die Abreise vor.

Maja suchte sich einen Platz im hintersten Winkel, um dem Gewusel am Buffet möglichst zu entgehen und ganz in Ruhe ihren Kaffee zu trinken und ein Müsli zu essen, bevor sie sich noch einmal einreihte, um ein Brötchen, Butter und Käse zu holen. Die Falter hockten auf Majas Schultern und beobachteten das bunte Treiben.

Stimmt ihr euch auf den heutigen Tag ein? Maja grinste vergnügt vor sich hin.

So ähnlich, gab der Admiral zu. *Es soll ja an eine halbe Völkerwanderung erinnern, wenn man am Vatikan ansteht.*

Ich denke eher, wir werden es wie gestern erleben — überall unter den Ersten und ganz entspannt. Mal schauen, ob wir wieder so kolossalen Sonnenschein haben.

Lass ja jedes Wort aus dem Spiel, das irgendwie mit Koloss anfängt, riefen die Falter erschreckt. *Ansons-*

ten siehst du ja schon jetzt im Gesicht aus wie ein frisch gebrühter Krebs.

Wird nicht viel dazu kommen, meinte Maja, als sie den grauen Himmel vor dem Hotel gewahrte. *Hoffentlich bleibt es trocken.*

Der Wunsch erfüllte sich nicht zu 100 Prozent. Die wenigen Tropfen waren aber auch nicht angetan, in Panik zu verfallen. Nach kurzer Fahrt bog der Bus in die unterirdische Garage am Vatikan ein, wo 16:30 Uhr wieder Treffpunkt sein sollte. Ein Ort, der wirklich nicht zu verfehlen war.

Wenige Schritte von hier begann bereits der Vatikanstaat und man stand praktisch schon auf dem Petersplatz, Piazza San Pietro. Erstaunlicherweise war fast nichts los, sodass die Gruppe in wenigen Minuten die Röntgenanlage passierte, um sofort mit der neuen einheimischen Führerin auf Erkundung in den Petersdom, Basilica Sancti Petri in Vaticano, zu gehen.

Maja freute sich riesig, dass man fotografieren durfte, und nutzte wechselweise Kamera und Smartphone, je nachdem, was sie aufnehmen wollte. Die Ausmaße des Doms machten Maja sprachlos, genau wie die Pracht der Ausstattung.

Das muss man wirklich wenigstens ein Mal im Leben gesehen haben, wisperten die Falter überwältigt, während Maja den Erklärungen mit dem Knopf

146

im Ohr lauschte. Erfreut gewahrte sie an den unerwartetsten Stellen Drachen. Die einen schauten von der Decke herab, andere zierten Wappen, und ein besonders schöner und riesiger Drache kam aus dem Denkmal von Papst Gregor VIII. hervor, Wappentier der Familie Boncompagni, welcher der Papst entstammte.

Was hast du? Der Distelfalter schaute Maja beunruhigt an.

Dieser Papst hat zum 3. Kreuzzug aufgerufen, erklärte Maja. *Da gehen mir natürlich 1000 andere Gedanken in diese Richtung mit durch den Kopf. 12. Jahrhundert übrigens,* fügte sie noch hinzu. *Der Drache ist aber ausgesprochen schön.*

Sie wandte sich noch einmal nach rechts, wo sie endlich einen Platz zum Fotografieren vor der Pietá erspähte, die Michelangelo geschaffen hatte. Keinem anderen Künstler war es je gelungen, dem Marmor solch einen wundervollen Glanz zu verleihen.

Dieses herrliche Werk hat seit seiner Entstehung immer wieder für Aufsehen gesorgt. Der erste Aufreger war, dass Michelangelo Jesus nackt dargestellt hatte und zudem auf dem Schoß einer Frau, die vom Alter her nicht hätte seine Mutter sein können. Dann fand man heraus, dass der, für seine immense Detailtreue bekannte, Bildhauer Jesus auch noch mit einem fünften Schneidezahn versehen hatte.

Er wird sich schon was dabei gedacht, und einen Grund dafür gehabt haben. Maja zuckte mit den Schultern. Ihr ging es bei diesem Besuch ausschließlich darum, die Kunstfertigkeit der Handwerker zu bestaunen und nicht darum, jede versteckte Botschaft deuten zu können.

Einige Minuten später zog eine Gruppe durch den extra abgesperrten Mittelteil des Doms, um eine ganz besondere Messe zu zelebrieren.

Wieder was Besonderes, staunten die Gedankenfalter. *Du scheinst trotz allem genau zur richtigen Zeit diese Reise angetreten zu haben. Erst Orvieto, dann das Pantheon und nun hier – überall ist etwas los, das nicht jeder erleben kann.*

Inklusive, nirgends anstehen zu müssen, schmunzelte Maja, sich mit der Gruppe zum Papstaltar über dem Petrusgrab begebend. *Vielleicht haben wir ja Glück und können auch noch die Gräber der Päpste besichtigen.*

Dieser Wunsch sollte in Erfüllung gehen und wenig später durchschritt Maja die Vatikanischen Grotten unter dem Dom. Als sie wieder auf dem Petersplatz ankamen, war es noch nicht einmal Mittag. Maja peilte die Kuppel des Doms an. Ihr fiel ein, wie sehr sie sich geärgert hatte, damals nicht den Schiefen Turm in Pisa bestiegen zu haben, obwohl die Zeit locker gereicht hätte. So wunderten sich die Gedankenschmetterlinge auch nicht, als sie zielstrebig an die Kasse eilte, um nicht wieder etwas zu verpassen.

Für den ersten Teil des Aufstiegs nutzte Maja den Lift, welcher zu den Restaurants und Souvenirläden auf dem Dach des Doms führt. Dann ging es ausschließlich zu Fuß die 320 restlichen Stufen von insgesamt 551 hinauf. Hin und wieder musste Maja in einer der Nischen pausieren und ließ dabei das ganze junge Volk vorbei, das wesentlich flotter unterwegs war.

Der Ausblick, nachdem sie endlich oben angekommen war, entschädigte mehrfach für die ganze Mühe und so umrundete sie die ganze Kuppel, immer wieder in die Tiefe fotografierend. *Michelangelo hat es eben drauf,* schwärmte sie, denn der hatte die Kuppel nach dem Vorbild des Pantheons entworfen.

Beim Anblick des Petersplatzes stellte sie fest, dass der sich kontinuierlich füllte und Volksfeststimmung herrschte. Auf dem Abstieg kaufte sie sich noch eine Gedenkmünze des aktuellen Papstes Franziskus. Das war sie ihrer Sammlung ganz einfach schuldig.

Nach der Fahrt mit dem Lift stand sie wieder auf dem Petersplatz und grübelte, was sie wohl als Nächstes besichtigen könne. An der Sixtinischen Kapelle hätte sie stundenlang anstehen müssen, wozu sie gar keine Lust hatte. Da fiel ihr ein, dass die Engelsburg nur rund einen Kilometer vom Dom entfernt war, der man ja auch einen Besuch abstatten konnte. Zum Mittagessen oder Shoppengehen, wie die anderen, war sie schließlich nicht nach Rom gekommen. Also schlenderte sie durch die Menschenmassen, um das angepeilte Ziel zu erreichen.

Der klobig wirkende Festungsbau entfachte ihre Neugier und ganz plötzlich war die Sehnsucht nach Nico in der Gestalt Ritter Georgs wieder da. Wie gern hätte sie mit ihm gemeinsam die Burg „erobert". Zuerst begnügte sie sich damit, den Bau zweimal komplett zu umrunden, was einige Zeit in Anspruch nahm. Von außen sah er zwar ungewöhnlich, aber wenig spektakulär aus. Dann fielen einzelne Regentropfen und Maja überlegte, ob sie nicht doch lieber zur Sixtinischen Kapelle gehen solle …

Eine Viertelstunde später war sie glücklich, dass sie es nicht getan, stattdessen eine Karte für die Engelsburg, das Castel Sant'Angelo oder Mausoleo di Adriano, gekauft hatte.

Wieder was richtig gemacht, strahlte sie, die Geheimnisse des Inneren der Burg erkundend. *Ich habe auch ein supergutes Gefühl, hier umher zu wandern,* gab sie bekannt. *Schaut euch doch nur die*

prachtvollen Säle an, oder die Sammlung an Ritterrüs-
tungen und Waffen! Da geht mir doch glatt das Herz
auf!

Die Falter wechselten amüsierte Blicke. Maja
war in der Tat völlig aus dem Häuschen. Verständlich, dass sie ihre Freude und Gedanken
hätte mit Georg teilen wollen. So bemerkte sie
es auch nur durch Zufall, dass es hier freies
WLAN gab und sie sofort Bilder von all der
Pracht an ihre Freunde schicken konnte. Vom
Turm aus hatte sie einen fantastischen Ausblick
auf den Petersplatz, den sie wieder mit einigen
Fotos festhalten musste.

Dabei beäugte sie argwöhnisch eine riesige
Möwe, die auf wenige Zentimeter zu ihr heran-
kam, und die ganz den Eindruck machte, sich
die Kamera schnappen zu wollen. Vielleicht
hatte sie ja auch der Pulk Schmetterlinge ange-
lockt. Die versteckten sich zitternd in Majas
Umhängetasche und warteten darauf, dass sich
das Untier verziehen möge.

Wann hat man das Mausoleum des Hadrian in
Engelsburg umbenannt, wollten die Falter wissen,
kaum dass die Möwe davon geflogen war.

Im Jahr 590. Damals wütete die Pest in der Stadt
und Papst Gregor I. sagte das Ende der Epidemie
voraus. Er versicherte, den Erzengel Michael über dem
Mausoleum gesehen zu haben, wie er das Schwert des

göttlichen Zorns wegsteckte. Seitdem heißt der Bau Engelsburg und wird von einem Engel geziert.

Aber Hadrian liegt noch immer hier, vergewisserten sich die Schmetterlinge.

Ja, er, seine Frau und einige andere Kaiser, gab Maja Auskunft.

Und die kleine Glocke unterhalb des Bronzengels ...

Das ist die Armsünderglocke, Campana della Misericordia, verriet Maja, *die soll daran erinnern, wie schnell das schöne Leben vorbei sein kann.*

Auf dem Weg über unzählige Stufen hinunter besuchte Maja wieder einige der 58 als Museum gestaltete Räume, staunte über Wandbilder und Fresken, begutachtete Rüstungen und freute sich immer wieder, hierher gekommen zu sein.

Und nun? Die Falter schauten Maja vor der Tür groß an, weil immer noch fast zwei Stunden Zeit bis zur Abfahrt des Busses waren.

Nun? Nun hole ich mir bei dem Wagen da drüben ein warmes Baguette mit Salami und Käse. Damit setze ich mich hier im Park auf eine Bank und höre den Straßenmusikanten zu. Auch wenn ich nicht zum Essen nach Rom gekommen bin, muss ich es hin und wieder tun. Sie ließ den Worten die Taten folgen.

Schau mal! Was fliegt denn da? Die Schmetterlinge glaubten zu träumen.

Oh, Halsband-Sittiche! Ich habe sie noch nie gesehen, aber oft gehört, dass sie auch in Europa in freier Wild-

bahn leben sollen, staunte Maja. *Die Vatikanischen Gärten sind ja eine paradiesische Oase im Lärm der Stadt, wo sie sich ungestört vermehren können. Auch sind sie flink genug, den Möwen und Krähen zu entkommen, die es hier zuhauf gibt. Noch ein wundervolles Erlebnis!*

Weißt du, was mich wundert? Dass dir Nico nicht als Hadrian erschienen ist. Der Distelfalter schaute Maja nachdenklich an und konnte gar nicht verstehen, warum die plötzlich losprustete.

Als sie sich wieder etwas beruhigt hatte, verriet sie: *Mein Lieber, das wäre voll in die Hose gegangen. Hadrian stand auf einen Mann. Antinoos.*

Oh. Ich glaube, mir geht ein Licht auf, murmelte der Admiral. *Das ist dann wohl der, der im Nil ertrunken ist, und zum Gott avancierte.*

Richtig. Maja erhob sich, trug Serviette und Papier in den Mülleimer, um dann ganz langsam Richtung unterirdischer Garage zu laufen. Bei einem der Gitarre spielenden Musikanten blieb sie eine Weile stehen. Er war unglaublich gut und so warf sie eine Zwei-Euro-Münze in seinen Hut.

Der Gang zum Bus war schon so etwas wie eine kleine Verabschiedung von Rom und seinen vielen Wundern. Maja versuchte, ihre Gefühle zu beschreiben: *Das antike Rom hat für mich eine völlig andere Bedeutung als das mittelalterliche.*

Ich kann es nicht erklären, aber ich bin zu gleichen Teilen fasziniert und distanziert. Es ist ganz einfach nicht MEINE Zeit. Das heißt aber nicht, dass ich nicht noch mal herkommen möchte. Und wenn, dann bitte im 21. Jahrhundert.

Alle, die mit dem Bus zurück zum Hotel fahren wollten, fanden sich superpünktlich ein, weil keine Möglichkeit bestanden hätte, auf jemanden zu warten. Maja begann ihr Köfferchen zu packen. Wärmere Kleidung werde sie erst nach der individuellen Zwischenübernachtung brauchen.

In der letzten Nacht schlief sie sehr unruhig. Ständig hatte sie das Gefühl, gerufen zu werden, und schreckte mehrmals auf. Am Morgen spähte Maja aus dem Fenster. Nebel lag überm Land. Als sie sich umwandte, bemerkte sie etwas, das wohl nur zu sehen war, wenn keine Sonne schien. Irgendjemand hatte mit Bleistift eine Moschee an die Wand gekritzelt und einige arabische Worte.

„Da hat es wohl jemandem nicht gepasst, dass morgens nebenan die Kirchenglocken läuten", murmelte sie, „das ist aber noch lange kein Grund, die Wände zu beschmieren." Vorsichtshalber gab sie an der Rezeption Bescheid, eben weil man das Machwerk nur sehen konnte, wenn kein Licht darauf fiel.

Kurz nach dem Frühstück wurden die Koffer verladen und der Bus glitt durch den dicker werdenden Morgennebel.

Ist das nun gut oder schlecht? Der Schwalbenschwanz drückte sich die Nase an der Scheibe platt.

Das ist Natur, grinste Maja. *Und wahrscheinlich auch die Aufforderung, doch noch mal herzukommen, weil ich jetzt nicht unterwegs fotografieren kann.*

Von dir hätte ich jetzt eher den Spruch vom „Nebel des Vergessens" erwartet, witzelte der Admiral.

Kannst du voll vergessen, dass der Spruch jetzt kommt, kicherte Maja. *Zumal sich die Sonne schon Mühe gibt, wie man an den helleren Stellen sehen kann.*

Aber du kannst nichts erkennen, schmunzelte der Distelfalter.

Doch, kann ich. Da vorn ist ein Zaun aus riesigen Opuntien und da links steigen vier große bunte Luftballons in den Himmel. Warum auch immer. Ich sehe Schirmpinien und Zypressen und auf der Brücke da drüben sitzen einige Nebelkrähen.

Ja, ja, rede es dir nur schön, grinste der Admiral.

Maja zog einen Flunsch. Es war ja wirklich alles nur grau in grau, mit Phasen, wo man gar nichts sehen konnte. Sie hätte gern das Aquädukt des Städtchens Orte fotografiert, an welchem sie soeben vorüberfuhren. Na ja gut, sie tat es auch, obwohl wegen des Nebels nur

155

unscharfe Bilder herauskamen. *Man kann ja nicht nur Glück haben,* murmelte sie, die Kamera endgültig in die Tasche steckend.

Mehrere Eichelhäher entlockten ihr dann doch wieder ein Lächeln. Nico werde sicher wissen, dass sie auf der Rückreise war. An Rabenvögeln, die ihn auf dem Laufenden halten konnten, hatte es in den letzten Tagen nie gemangelt.

Am Rastplatz Montepulciano bei Siena legten sie eine Toilettenpause ein, die vorwiegend aus langem Warten bestand, weil unzählige Busse gleichzeitig eintrafen.

Maja konnte sich eines herzlichen Lachens nicht erwehren, als eine sehr betagte Japanerin das Problem, sich auch hinauswärts durch die Massen wühlen zu müssen, auf ganz spezielle Weise löste. Sie begann irgendeinen Rocktitel zu singen und tanzte wie wild. Man wich ihr völlig verschreckt aus, worüber sich Maja unglaublich amüsierte. *Problem perfekt gelöst.*

Nicht, dass du das dann auch machst, riefen die Falter entsetzt, worüber Maja noch mehr lachen musste.

Inzwischen lachte endlich auch wieder die Sonne. Toskana – das Sehnsuchtsland. *Hier könnte ich mir auch vorstellen, dauerhaft zu leben,* dachte Maja. Da tauchte der Bus in einen Tunnel ein und sorgte unfreiwillig für Heiterkeit bei

Maja, denn das Thermometer flackerte wie ein Stroboskop zwischen 17 und 18 Grad Celsius, sodass man die Zahlen nicht mal mehr erkennen konnte. *So was Irres hab ich auch noch nicht erlebt*, kicherte sie, *und ich hab schon verdammt viele Busreisen gemacht.*

Den Tieren und Pflanzen machte die Frühlingswärme die Entscheidung leichter: Die einen blühten und schoben Blätter, während die anderen Nistmaterial zusammensuchten, um sich im dichter werdenden Laub ein heimeliges Nest zu bauen. Maja konnte auch mehrere Rebhühner beobachten, die eifrig nach Futter suchten.

Die Reiseleiterin suchte inzwischen etwas anderes – die Schnapsgläser zum Martini Bianco, den sie austeilen wollte.

Damit sich die eintönige Po-Ebene leichter ertragen lässt, witzelte der Schwalbenschwanz.

Dann müsste sie ihn dem Fahrer einflößen, gab Maja grinsend zurück, *als Passagier könnte man notfalls einfach die Augen schließen, damit einen die vielen verlassenen Gehöfte nicht so deprimieren.*

Maja schaut trotzdem aus dem Fenster und entdeckte sogar einen Feldhasen, dann machte sie Kreuzworträtsel. Auf der Mittagsrast schaute sie sich lieber den Goldschmuck in den Auslagen des Juweliers an, als Essen zu gehen, und stand den langen Rest der Zeit in der Sonne, auf die sie, laut Wetter-App, ab dem Abend wieder verzichten müsste.

Zurück zu Eis und Schnee

Auf der weiteren Strecke kamen sie wieder gut voran und bald schon durchquerten sie die Gardaregion, kamen an der Madonna della Corona vorbei, der Haderburg und wollten eigentlich am Rastplatz Laimburg halten. Nur war der so mit LKW zugeparkt, dass nicht die winzigste Chance bestand und man zum nächsten Rastplatz weiterfahren musste.

Schau mal, die vielen Krokusse, schwärmten die Schmetterlingsgedanken.

Maja fotografierte die Frühlingsboten und orakelte: *Morgen werden wir dann wieder Eisblumen sehen.*

Weil wir gerade bei dem Sehen sind, wo sind all die Rabenvögel geblieben, rief der Schwalbenschwanz besorgt. *Seit Stunden ist keiner mehr aufgetaucht.*

Groß genug? Maja deutete wieder einmal kichernd auf einen LKW der Firma RABEN, der auf einer Fläche abseits des letzten Tunnels stand, in welchen sie soeben einfuhren.

Wenn das kein Zeichen ist, hauchte der Trauermantel, weil Maja hier schon einmal in einem Zeitportal verschwunden war. *Und warum wird es plötzlich so kalt?*

Weil ... ach herrje! Der Schwalbenschwanz tauchte, wie auch die anderen, augenblicklich in

Majas dickem Pelzumhang unter. Sie waren in Eis und Schnee des 15. Jahrhunderts gelandet, den Pferden reichte die weiße Pracht fast bis an die Bäuche.

Maja hatte sich nach kurzem Erschrecken sofort fest im Griff und reagierte, als sei sie nie fort gewesen. „Kehren wir um!", forderte sie, genau wissend, was am nächsten Morgen geschehen werde.

Ritter Georg nickte kaum merklich. „Ihr habt recht. Versuchen wir, den kleinen Hof unterhalb des Passes zu erreichen. Morgen schlagen wir uns dann ins Tal durch. Wir werden schon irgendeinen sicheren Weg irgendwohin finden."

„Das sehe ich auch so", erwiderte Maja lächelnd und aus den Baumwipfeln erklang ein zufriedenes Krächzen.

Sie brauchten fast den ganzen Tag, um, ihren eigenen Spuren folgend, zurück zu reiten. Sie mussten zwei Mal Rast einlegen, weil die Pferde dringend Erholung brauchten. Es war keinem gedient, brachen die Tiere vor Erschöpfung zusammen.

„Ihr wirkt sehr zufrieden, obwohl wir uns dahin bewegen, wo man nach Euch sucht", stellte Ritter Georg erstaunt fest.

„Würden wir es nicht tun, wären wir morgen beide tot", erklärte Maja kurz.

„Ich verstehe ..." Georg ahnte, dass sie ihr Wissen wieder aus der Zukunft bezog, die diesmal sehr nah sein musste. Wobei der Tod nicht von Menschen zu drohen schien, sonst würde sie ganz bestimmt nicht so entspannt vor ihm her reiten. Schließlich fragte er doch noch nach dem Grund: „Würden wir erfrieren?"

„In einer Lawine ersticken", antwortete Maja, ohne sich umzudrehen. „Und ich mag es nicht, wenn mir die Luft wegbleibt."

Georg schüttelte halb erschrocken, halb belustigt den Kopf, mit welcher Trockenheit sie ihm die unschönen Informationen um die Ohren schlug.

In den Abendstunden flaute der eisige Wind etwas ab und sie erreichten, trotzdem schon halb erstarrt, den kleinen Bauernhof, wo man sie gastfreundlich aufnahm. Sie bekamen etwas zu essen, und ein trockenes Lager im Stroh, weil im Haus kein Platz für Gäste war. Mit Speise und Trank zogen sie sich auch sofort dahin zurück, als die Pferde versorgt waren. Eine Laterne spendete Licht und etwas Wärme.

Maja hielt mit beiden Händen ihren großen Brotkanten fest, wobei der Ärmel nach hinten rutschte und das vorwitzige Armband aufblitzen ließ.

Der Lichtreflex machte Georg aufmerksam. Er streckte, sichtbar erbleichend, ganz langsam einen Zeigefinger aus. „Dieses Schmuckstück da ... woher habt Ihr es?" Gleichzeitig begann er, ohne hinzuschauen, in seinem Reisesack zu kramen.

Maja lächelte. „Von Euch, mein Lieber. Es hat mir in Rom das Leben gerettet. Ich habe Euch noch nicht einmal dafür gedankt."

Georg ließ den Sack fallen. „Von mir? Und Ihr wart damit in Rom? Wann?" Er winkte kopfschüttelnd ab. „Ich werde mich wohl nie daran gewöhnen, dass Ihr in anderen Zeiten wandern könnt. Aber es muss wohl so sein, es ist nicht mehr in meinem Gepäck, Ihr tragt es ganz selbstverständlich am Arm, obwohl Ihr gar nicht wissen konntet, dass es das Armband gab. Ich wollte es Euch im Frühling schenken."

„Da habe ich es ja auch bekommen", erklärte Maja dankbar. „Ich war genau in den Iden des März in Rom und habe, dank Eurer Warnung, weder das Kolosseum noch das Haus der Vestalinnen betreten, beziehungsweise das, was davon übrig ist."

„Ich hätte dich nicht anders schützen können", sagte Georg plötzlich mit Nicos Stimme. „In Gestalt Iulius Caesars hätte ich dich mit in den Tod gerissen."

„Das habe ich vermutet. Und im Umkehrschluss wärst du auch in jeder Gestalt verloren gewesen, hätten sie mich wegen Ehebruch vor Gericht gestellt."

„Kannst du nicht ein bisschen Ruhe in unser beider Leben bringen, indem du ganz einfach bei mir bleibst?"

Maja lachte bitter auf. „Ja klar! Fragt sich nur in welcher Zeit! Ich kann's nicht steuern, wie du weißt, und von Fragenstein werde ich mich fernhalten, wie der Teufel vom Weihwasser. Wenn du eine Lösung weißt, kannst du sie mir gerne mitteilen."

„Verzeiht, ich wollte Euch nicht kränken", antwortete eindeutig Ritter Georg. „Ihr wisst, ich werde Euch begleiten, wohin immer Ihr auch wollt."

„Dann kommt jetzt mit ins Stroh, ich möchte Eure Nähe spüren", blinzelte Maja.

Georg beeilte sich sehr, den Wunsch zu erfüllen, und bald schon spürten beide nichts mehr von der Kühle der Nacht. Georgs warme Hände fanden zielsicher den Weg unter Pelz und mehrfach gesteppten Gambeson. Und als er ihr endlich gab, was sie sich sehnlichst wünschte, vergaß Maja die ganze Welt um sich her.

„Nur gut, dass es Telepass gibt", sagte plötzlich jemand und Maja schreckte auf. Der Bus schob sich soeben am hellen Wahnsinn der Brennermautstelle vorbei und fädelte sich auf die Straße Richtung Innsbruck ein.

Die Zeitsprünge werden langsam beschwerlich, stöhnte der Trauermantel.

Diesmal herrschte ihn keiner an, denn alle dachten dasselbe. Maja war den Tränen nah. Sie hatte nicht die leiseste Ahnung, wie sie dauerhaft mit Nico zusammenkommen könne. Dass sie es satthatte, ihn in der Gestalt des Erzherzogs zu treffen, der sie, weil es seine Gattin so verlangte, einfach opferte, statt ihr zu helfen, konnten die Schmetterlinge bestens verstehen.

Es blieb nur Ritter Georg, der Einzige, dem Maja wirklich etwas bedeutete und der sich sogar in Stücke hacken ließe, könne er damit ihr Leben retten.

In einem Stück und unversehrt ist er mir aber lieber, murmelte Maja, die Nase hochziehend. Da hielt der Bus auch schon und die ersten Reisenden stiegen aus. Innsbruck empfing die Rückkehrer mit vornehm unterkühltem Wetter. Maja schaute seufzend zum Himmel. Schade, dass sie die italienische Wärme nicht hatte mitnehmen können. Dann strebte sie mit ihrem Koffer die Treppe hinauf, um ihn sofort für die Heimfahrt am nächsten Tag umzupacken.

Es wird kalt werden, rief der Schwalbenschwanz fröstelnd.

Maja spähte durch die Gardine. *Nein, mein Lieber, es ist schon kalt. Das da draußen sind eindeutig Schneeflocken, die sich unter den Nieselregen mischen.* Sie legte dicke Socken bereit, die sie in die Sommerschuhe ziehen konnte, einen Wollpullover und eine Jacke, welche noch unter den ungefütterten Übergangsmantel passten. Sie hatte nicht vor, wie ein junger Hund zittern zu müssen. Ihr Flixbus fuhr von Seefeld ab und der Zubringer kam etwa eine Stunde vor dessen Abfahrt dort an.

Überpünktlich, wie immer, wartete Maja am nächsten Morgen schon am vereinbarten Platz und konnte gleich testen, ob sie es längere Zeit in noch tieferen Temperaturen aushalten werde. Und zudem hatte es über Nacht doch recht kräftig geschneit. Zumindest in den höheren Lagen. Der Bus kämpfte sich in den kleineren Straßen über festgefahrenen Schnee und Eis.

Dann stand Maja in Seefeld und freute sich, dass es fast windstill war. Im Notfall hätte sie aber auch im Inneren der Anlagen zu den Skiloipen untertauchen können, denn dass noch Wintersportsaison herrschte, hatte sie gar nicht mit ins Kalkül gezogen.

Maja suchte sich wieder einen Platz im unteren Bereich des Doppelstockbusses, wobei sie beschloss, das nächste Mal auch gleich einen festen Platz zu buchen, um nicht mühsam nach den grünen Zeichen für das neu eingeführte System fahnden zu müssen.

Mit dem jungen Pakistani auf dem Nachbarplatz war bald schon eine angeregte Unterhaltung im Gang und so kam bis München keine Langeweile auf. Die Gedankenschmetterlinge dösten in Majas Tasche im Halbschlaf vor sich hin. Sie waren wohl genau so froh wie Maja, dass es diesmal ohne Passkontrolle vorwärtsging. Da mussten sie sich auch keine Sorgen machen, den Bus für die nächste Etappe der Heimreise zu verpassen.

Der kam ebenfalls superpünktlich und Maja begann wieder, Landschaft und Tiere zu beobachten, weil sie weder Lust auf Kreuzworträtsel, noch andere Zerstreuungen hatte, bei denen man hätte wirklich denken müssen. Ihre spaßhaft geführte Strichliste beinhaltete schon bald vier Reiher, vier Rehe und zwei Störche, abgesehen von Überschwemmungen und unübersehbaren Sturmschäden der letzten schweren Unwetter, die noch gar nicht so lange her waren.

Am Rastplatz Thiersheim, wo der Bus längere Zeit hielt, beschloss Maja, nicht auszusteigen.

Kaum war der Bus fast leer, wurde es hektisch. Sogar die Gedankenfalter steckten erschreckt ihre Köpfe hervor. Passkontrolle!

Hier??? Die Schmetterlinge waren genau so erstaunt wie Maja.

Ein Wunder war es wohl nicht, denn bestimmt drei Viertel der Reisenden waren schon auf den ersten Blick als Ausländer zu erkennen. Und dann dauerte es natürlich ewig, weil in einigen Weltgegenden das Geburtsdatum generell der 01.01. ist, egal wann der oder die Betreffende das Licht der Welt erblickt hatte. Es gab also Dateien mit hunderten Syrern, die alle denselben Namen, dasselbe Geburtsdatum und denselben Geburtsort hatten. Und Majas Platznachbar in diesem Bus hatte das Pech, genau zu einem der wohl geburtenstärksten Jahrgänge zu gehören.

Nach Sichtung und Abfrage aller möglichen Register, nicht nur zum Geburtsjahr, gab es zwei Personen, auf die man ihn eingrenzte, wobei Maja schon grinsen musste, weil einer davon über 40 Jahre sein sollte und der Mann neben ihr bestenfalls Anfang 20 war.

Ich will nach Hause, bettelte der Distelfalter gespielt komisch, weil die momentane Situation irgendwie den ganzen Überwachungsapparat infrage stellte, und deutlich zeigte, wie leicht es hierzulande doch auch werden konnte, sich

167

Sozialleistungen zu erschleichen, weil man gar nicht wirklich nachprüfen konnte, wen man als Immigranten vor sich hatte.

Es dauerte noch einige Minuten, bis sich die Beamten untereinander geeinigt hatten, dass der in Italien mittels Haftbefehl gesuchte Mann mittleren Alters, unmöglich der Fahrgast des Busses sein konnte. Dieser musste die Prozedur wohl schon öfter erlebt haben, denn er blieb ausgesprochen ruhig.

Man muss es wirklich erlebt haben, um verstehen zu können, warum die Identifikation so schwer ist, murmelte Maja. *Im Grunde genommen hilft da wirklich nur der Fingerabdruck, um es zweifelsfrei nachzuweisen.*

So den zwischendurch keiner in der Datei vertauscht hat, grinste der Admiral. *Sonst schmort nämlich mal einer, der gar nichts getan hat, für jemanden, der es faustdick hinter den Ohren hat.*

Ich wäre schon froh, wenn ich mir ein Stück Fleisch schmoren könnte. Ich bekomme langsam Hunger. Maja kramte ein paar Kekse aus der Tasche.

Sind wir nicht bald zu Hause, fragte der Bläuling, der die ganze Aufregung verschlafen hatte.

Ach i wo! Jetzt fahren wir erst mal noch nach Regensburg, dann nach Zwickau, ehe wir daheim sind, erklärte Maja.

Und dann schmorst du dir ein Stück Fleisch?

Maja spitze die Lippen. *Wird keins da sein. Ich koche mir die Busnudeln, die wir als Geschenk erhalten haben.*

Wie jetzt? Kommst du nicht gerade aus Italien? Der Trauermantel schaute Maja ungläubig an.

Das war gestern, rief die in einem Ton, als sei das schon Jahre her, worauf der ganze bunte Schwarm wiehernd zu Lachen begann.

Genau so sollte der Tag auch enden. Maja stellte nur den Koffer in die Ecke und setzte sofort den Topf auf den Herd. Bis das Wasser siedete, legte sie aus den Teigwaren, die kleine Busse darstellten, die langen Schlangen auf der Brennerautobahn. Sogar mit Gegenverkehr. Die Gedankenfalter schüttelten belustigt die Köpfe.

Den Schwalbenschwanz ritt natürlich der Teufel. *Hoffentlich machen die nach dem Essen nicht so viele Abgase.*

Maja lachte mit den Faltern um die Wette. Das hätte dann wieder hervorragend in Mittelalter gepasst, wo man durch Rülpsen und Furzen kundtat, wie gut es geschmeckt hatte.

Es wird Zeit, einen Weg zu finden, das Dimensionstor im rechten Moment schließen zu können, seufzte der Distelfalter.

„Wegen des Pupsens?“, grinste Maja.

Der Schwalbenschwanz nickte todernst: *Na klar! Sonst gibt es irgendwann eins drauf, wegen Voran-*

treibens der Erderwärmung durch vermehrten Ausstoß
von Verdauungsgasen!

Die Schmetterlinge, wie auch Maja, hielten sich die Bäuche vor Lachen und wischten Tränen aus den Augen.

Sehnsucht, ohne Ende

Es dauerte allerdings nur ein paar Stunden, dann sehnte sich Maja wieder unbändig nach Nico. Eigentlich war es eine Sehnsucht, die nie enden werde, kämen sie nicht irgendwann durch einen glücklichen Zufall dauerhaft zusammen.

„Manchmal muss man wohl kräftiger nachhelfen", seufzte Maja, ein Gesicht wie zehn Tage Regenwetter ziehend.

Der Distelfalter schaute sie erwartungsvoll an: *Was hast du vor?*

„Wenn ich einen Plan hätte, würde ich sicher schon emsig an der Umsetzung arbeiten", erwiderte Maja. „Ich will zu Nico! Ich kann ohne ihn nicht mehr leben. Dabei ist es mir völlig egal, ob es in der Jetzt-Zeit ist oder im Mittelalter, wenn er sich Ritter Georg nennt. Es fehlt der Teil meines Herzens, der bei ihm geblieben ist."

Distelfalter und Schwalbenschwanz betasteten liebevoll ihre Hand, während der Trauermantel jammerte: *Im Mittelalter? Oh Gott, oh Gott!*

„Es steht ja in ein paar Tagen wieder eine Kloster-Tour an", ließ Maja wie nebenbei fallen, was die Falter aber hellhörig machte. Bisher hatte sie auf solchen Tagestouren die heißesten Dates mit Nico in den begehrenswertesten

Erscheinungsformen gehabt. Würde er diesmal wieder erscheinen? Und in wessen Rolle würde er schlüpfen?

Wo geht es denn eigentlich hin, fragte der ganze bunte Schwarm der Gedankenschmetterlinge.

„Zum Kloster Wechselburg", erhielten sie zur Antwort.

Der Schwalbenschwanz tippte den Admiral an. *Ist dort nicht eine Wallfahrtskirche aus dem 12. Jahrhundert?*

Die Falter schauten sich verschwörerisch an. Das roch nach Kaiser Barbarossa.

„Es war ein Wettiner, der die Kirche bauen ließ", hakte Maja ein. „Einer, der nun wirklich nicht mein Typ gewesen wäre."

Wie das?

„Reichtum macht nicht immer unwiderstehlich", schmunzelte Maja. „Man nannte ihn, den Feisten."

Ach herrje! Die Falter flatterten erschreckt auf. *Erzählst du uns mehr von ihm?*

„Wenn es denn sein muss", witzelte Maja. „Sein Name war Dedo von Wettin. Dann erbte er das Stück Land und nannte sich Graf von Groitzsch. Bald darauf ließ er mit dem Kirchenbau beginnen, um einen Begräbnisort für seine Familie zu schaffen."

Das ist ja noch nichts Besonderes, waren sich die Gedankenfalter einig.

„Stimmt", grinste Maja. „Das wirklich Besondere hängt mit seinem Tod zusammen. Der ist nämlich auf ein kurioses Ereignis zurückzuführen – er hatte sich, weil er nicht mehr in seine Rüstung passte, das Fett wegschneiden lassen, was er nur wenige Tage überlebte. Schönheits-OP im Jahre 1190 – man will lieber gar nicht wissen, wie das vonstattengegangen ist. Kopfkino pur als Horrorschocker. Sicher nicht nur ein Problem für mich als Schriftstellerin."

Bäh! Da schüttelte sich sogar der Distelfalter, der einiges gewohnt war. *So fett war der?*

„Vermutlich, man war mit Beinamen ja nicht zimperlich und traf den Nagel meist mitten auf den Kopf damit. Eine neue Rüstung war ja richtig teuer. Ist ja auch heute noch so. Lass dir von einem guten Plattner eine auf den Leib schneidern und du legst mindestens das Geld auf den Tisch, das dich ein guter Kleinwagen gekostet hätte."

Und da wollte er sich lieber was aus dem Leib schneiden, statt neu drauf schneidern, lassen, platzte der Schwalbenschwanz lachend heraus.

„So muss es wohl gewesen sein", grinste Maja.

Junge, Junge! Abgründe tun sich auf! Der Admiral schüttelte fassungslos den Kopf.

„Vielleicht sollte ich noch erwähnen, dass er der Urgroßvater der heiligen Elisabeth von Thüringen ist", fügte Maja rasch hinzu.

Stille. Die Falter staunten. Vermutlich hatten sie auch gerade großes Kopfkino zu bewältigen.

Das ist doch die von der Wartburg, murmelte der Bläuling fragend, worauf der ganze Schwarm heftig nickte.

„Das ist richtig", schmunzelte Maja. „Egal was wir im Mittelalter anpacken, mit irgendeinem Verwandten von irgendeinem hohen Herrn haben wir es immer zu tun. Europaweit. Auf alle Fälle bin ich jetzt neugierig auf die Kirche, die mit etlichen Besonderheiten aufwartet. Eine wird euch sicher schon auffallen, wenn wir uns ihr nähern."

Maja fuhr diesmal wieder mit dem Auto. Die Anreise, bei postkartenblauem Himmel und fast tropischen Temperaturen, verlegte sie auf die Autobahn, statt auf die Landstraße, wie das Navi vorgeschlagen hatte. „Wegen der zwei Minuten Zeitvorteil mache ich mir keinen Fleck ins Hemd", witzelte sie.

Es war kaum etwas los, sodass sie zügig voran kann. Eilzügig, wie der Schwalbenschwanz grinsend bemerkte. Am Zielort Parkplatzsuche. Maja stellte ihren flotten Flitzer auf den Wandererparkplatz, weil dort acht Stunden Parkdauer ausgewiesen wurden. Zudem waren es nur wenige Schritte bis zur Kirche und dem Kloster. Sicher war sicher.

Die anderen, mit denen sie den Tag in Wechselburg verbringen wollte, trudelten nach und nach ein. Bevor die Letzten erschienen, nutzte Maja die Gelegenheit, sich den Klosterladen anzuschauen. Sie hatte den Auftrag, für ihre Schwester ein Herz aus Olivenholz zu besorgen, das keinen religiösen Spruch tragen sollte.

So streifte Maja durch die Regalreihen, ohne fündig zu werden. Auf einem Fensterbrett entdeckte sie schließlich die Objekte ihrer Begierde und genau zwei davon trugen die Aufschrift *Viel Glück*. Maja fasste sofort zu und beschloss, ihrer Schwester die Wahl zu überlassen, welches der beiden Herzen sie haben wollte. Wobei Maja für sich schon eins favorisiert hatte, welches sie aber bereit war, wegzugeben.

Ziemlich zufrieden tigerte sie zu der angebenden kleinen Tür in der Mauer, wo sich alle versammeln sollten. Ein kleines Bäumchen mit rosafarbenen oder rosa-beige marmorierten Blättern, dessen Art sie nicht bestimmen konnte, stand im Zentrum eines winzigen Labyrinths, dessen steinerne Ränder nur wenige Zentimeter hoch waren. Ein paar Tage später sollte sie erfahren, dass sich das aparte Gewächs Harlekinweide nannte. Sie huschte hin und erspähte vier Tafeln in jeder der vier Himmelsrichtungen, mit Texten zum Sinn des Lebens.

Wetten, dass die anderen weder merken, dass das ein Irrgarten ist, noch dass sie die Texte entdecken, kicherte der Schwalbenschwanz.

Ich möchte nicht dagegen halten, grinste Maja zurück, die vier Tafeln fotografierend.

Bei den ersten Erklärungen, zur Entstehungsgeschichte der Kirche, ging ein behagliches Lächeln über Majas Gesicht. Die Frage, nach dem Kaiser, der zur fraglichen Zeit regierte, konnte sie, wie aus der Pistole geschossen, beantworten: Barbarossa.

Die Gedankenschmetterlinge klatschten sich ab. Von hinten kam ein Zuruf: „Das ist unlauterer Wettbewerb! Sie schreibt gerade über diese Zeit!"

Maja musste herzhaft lachen. Irgendwo sollte man ja auch mal einen Vorteil aus seiner Passion ziehen können.

Du wirkst völlig gelöst, staunte der Distelfalter.

Maja lächelte vergnügt. *Ist doch kein Wunder! Könnt ihr nicht auch die unglaublichen Energien dieses Kraftknotens der Erde spüren?*

Ich kann es, hauchte der Trauermantel verzückt.

Wer glücklich ist, ningelt nicht, sagte der Zitronenfalter trocken. Er schaukelte für die Menschen
unsichtbar in Majas Creole.

Jetzt weiß ich, was anders ist, rief der Distelfalter
plötzlich, scheinbar ohne Zusammenhang. Er
war auf dem Dach gewesen und hatte sich
umgesehen. *Hier gibt es keinen Kirchturm! Nur da
drüben, bei der anderen Kirche ist einer!*

Stimmt, lobte Maja. *Man hatte zwar einen Turm
geplant und das Grundmauerwerk dafür geschaffen, ihn
aber nie gebaut.*

Wirklich? Der Falter schaute sie neugierig an.

*Ganz wirklich. Wir werden dann sicher gleich die
Grablege Dedos und seiner Frau besuchen. Seine Figur
hält auf dem Sarkophag-Deckel ein Modell der Kirche
in den Händen, wo die Kirchtürme zu sehen sind. Sie
wurden aber nie gebaut. Nur eben schon vorbereitet.
Aber auch das werdet ihr selber merken, wo die Stelle
ist.*

Zuerst erfuhren sie von der Fremdenführerin
aber noch, in welchen Bauabschnitten die Kirche entstanden war, und dass man sie praktisch
als Wallfahrtskirche installiert hatte. Es gab hier
nämlich weder Reliquien noch Gräber von Heiligen. Trotzdem funktionierte das System und
die Gläubigen wallfahrten eifrig zu diesem Gotteshaus. Es war im Jahr 2018 sogar von Papst
Franziskus zur Basilika minor geweiht worden,

was nicht jeder Kirche zuteilwird und mit einem langwierigen Akt lateinischen Papierkrams beantragt werden muss.

Im Inneren der, für eine katholische, schlichten Kirche, bündelten sich die wundervollen Energien, die Maja draußen schon gespürt hatte, und überzeugten sie in allen Punkten, dass es diese Kirche verdient hatte, jenen ehrenvollen Titel zu tragen.

Es tut gut, hier zu sein, wisperte der Distelfalter, als es die anderen Schmetterlinge dachten.

In der Krypta verharrten die Schmetterlinge andächtig vor dem Grab. Dann sagte der Admiral plötzlich: *Na so fett sieht Dedo aber nicht aus!*

Maja grinste vergnügt. *Heutzutage würde man das Konterfei mit Photoshop bearbeiten, so es der Bestattungskunde wünscht.*

Ach ja, das hatte ich glatt vergessen, murmelte der Admiral. *Aus Eitelkeit sehen sich dann manche Leute nicht mal mehr ansatzweise ähnlich. Dedo hätte in unserer Zeit bestimmt auch das halbe Erbe in Schönheitsoperationen gesteckt.*

Oder auch nicht. Vielleicht war er noch geiziger als eitel, sonst hätte er bestimmt den Plattner bezahlt, statt sich den Irrsinn des Fettwegschneidens einfallen lassen, gab Maja zu bedenken.

Und was sind das für zwei Köpfe bei seiner Frau Mathilde am Fußende?

Das sind zwei Kinder des Paares, die zeitig gestorben sind, erklärte Maja, während sie schon auf die nächsten Ungewöhnlichkeiten des Sakralbaus hingewiesen wurde.

Hier hielt sich nämlich jeder laute Ton ganze sieben Sekunden! Zum Beweis sangen alle den Kanon „Bruder Jakob". Maja war von der außergewöhnlichen Akustik so fasziniert, dass sie das Singen schon bei der zweiten Strophe glatt vergaß und lieber lauschte.

Nachdem sie auch noch das älteste sächsische Taufbecken besichtigt hatten, von dem man nicht weiß, für welche Kirche es ursprünglich gefertigt worden war, wandten sie sich jener Stelle zu, wo ungewöhnlich dicke Mauern anzeigten, dass hier eigentlich mehr Last auf ihnen ruhen sollte, als Wand und Dach. Der Bläuling huschte sogar zum Fenster, um allen anderen dann davon zu berichten, wie sie aus nächster Nähe aussahen.

Zuletzt wandte sich die Gruppe dem Lettner zu, also jener wunderschönen Trennwand, die den Kirchenraum vom Mönchskollegium trennt.

Sie war in der Zeit zwischen 1230 und 1235 eingebaut worden und trägt ebenfalls ein Detail, das völlig ungewöhnlich ist. Er wird von einem Eichenkreuz gekrönt, in dessen oberem Ende Gottvater dargestellt ist.

Die Kreuzigungsgruppe und die gesamte Figurenausstattung des Lettners hat starken Symbolcharakter und besteht ausschließlich aus biblischen Gestalten, was Maja so noch nirgends vorher gesehen hatte.

Und wohin gehen wir jetzt, fragte der Schwalbenschwanz neugierig.

Wir bleiben hier und nehmen an der Andacht der Mönche teil, verriet Maja. *Ich bin zwar heute nicht besonders bei Stimme, aber man kann ja auch leise mitsingen.*

Die drei heimischen Mönche hatten gerade einen Gast aus dem Stammhaus im Ettal zu Gast. Ihr kräftiger Gesang übertönte glücklicherweise die Misstöne aus dem Publikum, das sich zwar alle Mühe gab, aber bei Weitem nicht mithalten konnte. Maja bewunderte die kräftige klare Stimme der Vorsängerin, die in dieser besonderen Kirche einfach nur herrlich klang. Sie hatte nicht geahnt, dass ihre Führerin durch die Jahrhunderte des Bauwerks zugleich die Vorsängerin war.

Schön, einfach nur schön, strahlte der Trauermantel.

Du siehst plötzlich so traurig aus, stellte der Distelfalter mit prüfendem Blick auf Maja fest.

Ich habe Sehnsucht nach Nico, seufzte sie. *An solch besonderen Orten wird sie mit einem Mal übermächtig.*

Dann wünsche ich mir, mit ihm gemeinsam die Wunder entdecken zu können. Vielleicht verbreiten sich hier die Wünsche und Sehnsüchte besonders weit und Nico erfährt von ihnen, auch wenn ich heute nicht eine einzige Krähe entdeckt habe.

Den fliegenden Storch lässt du wohl nicht gelten, kicherte der Admiral.

Maja schmunzelte. *Nicht wirklich.*

Oh, die anderen gehen schon zur Schänke, rief der Distelfalter.

Ihnen nach, befahl Maja fröhlich, hinaus eilend.

Sie hatte durchaus Hunger und zudem Appetit auf Eis. Eis ging immer. Am Ende bestellte sie zwei Wiener mit Kartoffelsalat und zwei große Kugeln Joghurteis mit Sahne. Es war ein Hochgenuss, denn der Salat war erst kurz vor ihrer Ankunft gemacht worden, und schmeckte himmlisch.

Zu einem Klostertag passend, wisperte der Schwalbenschwanz amüsiert.

Frisch gestärkt brach die Gruppe auf, um den Kräutergarten der Anlage zu besuchen, durch den sie der Jüngste, der Mönche, führen sollte. Natürlich ließ Maja etliches an Wissen über Heilstauden und mittelalterliche Medizin verlauten, was auch prompt als richtig bestätigt wurde und die anderen zum Staunen brachte. Schließlich verriet sie, dass sie ja nicht nur gerade über

Heilwissen schrieb, sondern dass ihre Großmutter eine begnadete Kräuterfrau gewesen war.

„Aha! Wieder unlauterer Wettbewerb!", ertönte es von weiter hinten, was Maja ein breites Grinsen abrang.

Krapp, Färberwaid und Katzenminze konnten sie kein bisschen verblüffen. Genau so wenig wie Muskateller-Salbei und Staudenfenchel.

Nur Färberpflanzen aus der Neuen Welt, sprich aus Amerika, kannte sie nicht, weil es die vom 8. bis zum 15. Jahrhundert kaum in Europa gegeben, und sie sich auch nicht speziell mit Färberei beschäftigt hatte. Sie wusste lediglich, woher der Ausdruck *blaumachen* kam, dass der Blauton durch die Reaktion des Pflanzensuds mit Urin entstand und die Methode schon im alten Ägypten angewendet wurde. Wieder erntete sie verblüffte Blicke.

Jetzt möchte ich so gern mit Nico hier in der schattigen Sitzecke ein Glas Wein trinken und träumen, seufzte Maja beim Anblick des weinumrankten Fleckchens.

Der Distelfalter betastete tröstend ihre Wange. Hier, wo unzählige Schmetterlinge, Käfer, Streifenwanzen und anderes Krabbelgetier herumwuselten, machten sich die Gedankenfalter nicht die Mühe, unsichtbar zu bleiben. Sie eilten geschäftig von Blüte zu Blüte und tranken süßen Nektar.

Auf dem Rückweg erwischte Maja eine der Treppenstufen nicht richtig, rutschte ab und kippte nach hinten. Jemand fasste hilfreich nach ihrer Hand, um sie vor dem Sturz zu bewahren.

„Nico?!" Maja strahlte fast noch heller als die sengende Sonne. Sie hatte nicht mehr erwartet, dass er erscheinen werde.

Vom blätterumflorten Torbogen des Gartens war nichts mehr zu sehen. Stattdessen standen sie auf einer blühenden Bergwiese, unter genau so einem klaren blauen Himmel wie in Wechselburg.

„Ich weiß nicht, wie lange dieses Zeitfenster offenbleibt", erklärte Nico. „Ich habe heute nicht einen einzigen Rabenvogel gesehen."

„Ich auch nicht!", rief Maja. „Deshalb habe ich auch nicht mehr mit deinem Erscheinen gerechnet."

„Du weißt doch, dass ich einem heißen Date mit dir nicht widerstehen kann", gab Nico mit funkelnden Augen zu.

„Kann man das Tor nicht einfach für immer schließen, wenn wir beieinander sind? Was sagen die Raben dazu?"

Nico hob hilflos die Hände. „Nutzen wir lieber die wenige Zeit, die uns gegeben wird."

Das musste er nicht wiederholen. Im nächsten Augenblick lag er mit Maja im Gras. Die Gedankenschmetterlinge stoben davon, um bloß nicht zu stören.

„Heute mal Missionarsstellung", witzelte Nico, den Zeitfaktor im Hinterkopf.

„Für mich also Lichtschutzfaktor Sex", gab Maja amüsiert zurück. „Wobei der Missionar perfekt zum Tag passt."

„Du Wildfang!" Nico ließ seine Hände über ihren Körper gleiten, der mit einem wohligen Schauer reagierte.

Ein Schäferstündchen auf einer Bergwiese hat in der Neuzeit Seltenheitswert, waren sich beide einig, nach zwei ganz heißen Liebesakten eng umschlungen liegen bleibend.

Maja wollte noch etwas sagen, als sie etwas ziemlich heftig in die Schulter stach. Sie schreckte auf und fand sich unterm Eingangsbogen des Klostergartens wieder, wo sie rücklings in die Hecke gekippt war.

Alle da? Sie schaute sich vorsichtig nach den Faltern um.

Alle da, bestätigte der Admiral. *Wobei der halbe Schwarm den Zeitsprung oder Ortswechsel glatt verpasst hat.* Er deutete auf die unzähligen Blüten.

Ist ja auch wirklich schön hier, lachte Maja. Noch mehr schmunzelte sie, als sie noch einmal die

Schänke aufsuchten, um Kaffee zu trinken – da lagen auf allen Tischen gelbe Servietten mit bunten Schmetterlingen.

„Perfekt!", freute sie sich. „Ein absolut gelungener Tag."

Nach einem Pfirsicheisbecher mit großen Fruchtstücken und natürlich wieder Sahne, um die Perfektion zur höchsten Vollendung zu bringen, und einer Heimfahrt durch Wiesen und Felder, schickte sie ihrer Schwester die Bilder der beiden Herzen.

Und wie inständig erhofft, rief diese: „Aber nichts das, wo die dunkle Linie genau durch das Wort *Glück* geht!"

„Geht klar!", erwiderte Maja erfreut.

Warum willst du gerade dieses Herz, wollten die Gedankenfalter wissen.

„Weil ich es folgendermaßen interpretiere", antwortete Maja. „Ganz am Grunde des Herzens sammeln sich alle schönen Momente des Lebens und des Glücks. Deshalb ist das Holz dort ganz hell. Die dunkle Ader zeigt an, dass Glück niemals wirklich ungetrübt ist."

Interessante Betrachtungsweise, gaben die Falter zu, *und irgendwie auch einleuchtend, zumal du es ja nicht weiterschenken willst. Es ja dein Herz aus Olivenholz.*

„Eben drum", schmunzelte Maja, das Mitbringsel zwischen den Fingern drehend. „Ach, wenn Nico nur wüsste, dass ich hier alles hinwerfen würde, um bei ihm bleiben zu können! Aber dazu muss ich wohl mehr als Glück haben.“

Was willst du tun? Die Schmetterlingsgedanken versammelten sich auf Maja Arm.

Ihr wisst doch, dass alle guten Dinge drei sind. Ich werde noch einmal nach Villanders in den Urlaub fahren. Da habe ich mehrere Tage Zeit und bin jenen Orten am nächsten oder genau darin, wo ich die wundervollste Zeit mit Nico als Ritter Georg verbracht habe. Erscheint er nicht, dann habe ich alles mir Mögliche versucht und wenigstens die Plätz noch einmal gesehen.

Was haben wir an Fakten über die Zeitentore, fragte der Schwalbenschwanz.

Maja zählte auf: *Sie erscheinen plötzlich, manchmal fühlt es sich an wie ein leichter Sog, hin und wieder flimmert die Luft, und fast immer hat genau vorher ein Rabenvogel gekrächzt. Das ist, worauf ich mich zukünftig konzentrieren werde. Die Tiere saßen manchmal zum Greifen nah, als gingen die Tore nur in deren Anwesenheit auf.*

Der Distelfalter schaute skeptisch. *Und unter der Dusche?*

Da saß ein ganzer Schwarm Krähen auf dem Baum genau vor dem Fenster. Luftlinie nicht einmal zwei Meter.

Stimmt.

So, wie du aussiehst, hast du doch schon einen Plan, stellte der Admiral fest.

Maja nickte lächelnd. *Ja, aber den verrate ich nicht. Vielleicht käme sonst einer auf die Idee, zu schwätzen.*

Der Schwalbenschwanz empörte sich: *Traust du wirklich einem von uns Verrat zu?*

Verrat nicht, aber Sorglosigkeit. Ihr seid inzwischen wieder ein stattlicher Schwarm an Schmetterlingsgedanken und manche schweifen dahin, wohin sie nicht gehören. Majas breites Grinsen erklärte den Rest, Schwalbenschwanz, Admiral und Distelfalter begannen zu kichern.

Fest entschlossen

Wenig später surfte Maja scheinbar gelangweilt durch YouTube, die Gedankenfalter hockten träge zwischen den Zimmerpflanzen und bewegten nicht einmal die Flügel. Erst als Maja: „Perfekt!", flüsterte, erwachten sie aus ihrer Lethargie.

„Was ist perfekt?", gähnte der Zitronenfalter, heranschwebend und sich auf ihre Schulter setzend. „Ach herrje!" Seine Augen wurden buchstäblich tellergroß. „Sie macht ernst!"

Im nächsten Augenblick hockte der ganze bunte Schwarm auf Majas Kopf, Schultern und Armen, um zu schauen, was den Schmetterling so erschreckte.

„Oh, Gott, oh, Gott!", jammerte der Trauermantel. „Nicht schon wieder!"

Der Distelfalter wechselte amüsiert-verschwörerische Blicke mit Admiral und Schwalbenschwanz. Das roch nach großem Abenteuer – Maja hatte soeben ihre nächste Dolomitenrundreise gebucht und da kam man bekanntlich nicht nur durch Tirol, sondern auch an diversen Burgen vorbei, die Zeitfenster in sich bargen.

So geschah es, dass sich Maja an einem sonnigen Morgen wieder einmal mit Koffer und

Rucksack zum Busbahnhof begab. Diesmal blieben die sonst hier allgegenwärtigen Krähen verborgen und ließen sich gerade einmal hören.

Ist das nun gut oder schlecht, flüsterte der Trauermantel besorgt.

Zufall, gab Maja zurück. *Es ist doch nichts Neues.*

Genau so war es nichts Neues, dass sie am Platz des Fahrerwechsels grinsend auf einen LKW der Firma RABEN zeigte. Aber der blieb nicht allein. Längs der Auffahrt zur Autobahn saßen mehrere Krähen und äugten nach dem Bus. Sogar einen Eichelhäher konnte Maja erspähen.

Schaut mal! Auch die bunte Rabenvogelfraktion ist anwesend, schmunzelte sie.

Als sie schließlich auf dem Rastplatz „Fränkische Schweiz" die Schwungfeder einer Krähe fand, nickten sich Schwalbenschwanz, Distelfalter und Admiral zu, als ahnten sie bereits, dass auf dieser Reise wieder Großes geschehen werde.

Aber zuerst passierte genau wieder das, was leider auch nichts Neues war. Sie kamen mitten in den sich auflösenden Stau nach einer Vollsperrung Richtung München, wo Stunden zuvor ein Unfallfahrer zu Fuß und dann mit einem gestohlenen Fahrrad geflüchtet war.

Maja zuckte mit den Schultern. *Es geht doch zentimeterweise vorwärts. Aber Rettungsgassen scheinen hier völlig unbekannt zu sein.*

Das Busnavi zeigte die Kufstein-Strecke als schnellste Route an und so kamen sie auch relativ rasch voran. Beim Anblick des Wilden Kaisers seufzte Maja tief. Manchmal nannte sie Nico so, weil die seltenen Schäferstündchen und Momente der Zweisamkeit vor Erotik knisterten.

Sie träumt schon wieder, wisperte der Distelfalter dem Schwalbenschwanz zu.

Zumindest so lange, bis der Busfahrer versuchte, für das Fahrzeug eine Mautbox zu bekommen, weil die Bestellte nicht pünktlich geliefert worden war. Nirgends war eine zu erwischen und so fuhr er schließlich bis zur Brennermautstation, wo das Spiel indem endete, dass sie ohne Bezahlen weiterfahren durften. Das System wurde nämlich gerade gewartet und alles passte irgendwie nicht zusammen. Dafür standen sie schließlich auch noch im Stau bis hinter Sterzing.

Es kann wirklich nur noch besser werden, murmelte Maja, wobei sie interessiert eine Elster beobachtete, die auf einem Baum herumturnte.

Zumindest war die ganze Aufregung mit einem Mal vergessen, als sie endlich Klausen erreichten und die zehn Spitzkehren nach Villanders erklommen, wo Maja im Hotel Egger wieder ihr Lieblingszimmer bezog. Für den nächsten Tag war schon der Sass Pordoi im Programm und sie stellte gleich ihre schneetauglichen Wanderschuhe bereit, deren rutschsichere Sohle sicher gute Dienste leisten werde.

Ach, sie hatte sich ja so viel vorgenommen! Was sie nicht auch alles an Kleinkram besorgen wollte. Nach dem Abendessen setzte sie sich noch eine Weile auf die Wiese, um ein Viertel Rotwein zu trinken, und ging spät, aber ziemlich zufrieden zu Bett. Doch, statt wie erwartet, von Nico zu träumen, schlief Maja wie ein Stein.

Morgens grübelte sie, warum wohl diesmal alles anders war. Das ging so weit, dass sie befürchtete, das Zeitentor habe sich für immer geschlossen und sie könne Nico niemals wiedersehen. Die Schmetterlingsgedanken hatten sogar noch im Bus zu tun, ihr dies auszureden.

Sie konnte nicht einmal die Fahrt durch das Grödnertal genießen. Immer wieder drängte die Frage hervor: Was wäre wenn? Und irgendwie schien diesmal wirklich alles anders zu sein, als die beiden Male, die sie schon hier gewesen war. Schließlich wurden auch die Falter unruhig.

Es waren eigentlich völlig harmlose Dinge, die plötzlich fehlten. Maja konnte weder einen der zahlreichen Münz- noch Kurbelautomaten entdecken, auf die sie sich so gefreut hatte, noch gab es irgendwo die gesuchten Olivenholzperlen.

Bist ja auch nicht wirklich in einer Olivenregion, versuchte der Distelfalter, sie zu trösten.

Und die Automaten?

Der kleine orangefarbene Schmetterling ließ traurig die Flügel hängen. Das Fehlen an allen Standorten war wirklich seltsam. Weder an der Tal- noch an der Bergstation des Sass Pordoi fanden sie welche. Dafür marschierte Maja kampflustig durch das riesige Schneefeld, welches das Plateau bedeckte. Es war größer und tiefer als je zuvor, was die Laune wieder etwas hob.

Die Riemchensandalenträgerinnen schauten Maja mit großen Augen hinterher. Sie fühlte deren Blicke geradezu, auf ihrem Rücken brennen. *Selber schuld*, grinste sie. *Wir sind hier im Gebirge und nicht auf dem Tanzparkett.*

Auf dem anschließenden Weg zum Karersee verwandelte sich Majas Seelenwelt in ein Chaos aus Verzweiflung. Zwar hatte sie in den Medien von den Zerstörungen durch die Stürme im Oktober 2018 gehört und gelesen, aber nur vage Vorstellung gehabt, was 1,2 Millionen Kubikmeter Holz waren. Es gab keine Chance, gegen die

Tränen anzukommen, als sie die furchtbaren Verwüstungen mit eigenen Augen sah. Ganze Märchenwälder aus Haselfichten unwiederbringlich verloren. Sie hätte fast den Parkplatz am wundervoll türkisblauen See nicht wiedererkannt. Alles nackt und kahl, und das auf viele, viele Jahre.

Ich habe das Gefühl, dass meine ganze Welt zusammenstürzt, schluchzte sie.

Schwalbenschwanz, Distelfalter und Admiral blieben auf ihrem Kragen sitzen, um ihr ein wenig Trost spenden zu können.

Der Distelfalter hob den Kopf. Vielleicht war es ja Methode, Maja diese Welt zu verleiden. Er nahm sich vor, mit Schwalbenschwanz und Admiral darüber zu sprechen. Es würde vielleicht nicht einmal auffallen, wenn sie es bei der nächsten Rast täten, da unzählige Schmetterlinge über die wundervoll blühenden Wiesen gaukelten.

Für diesen Tag ergab sich keine Gelegenheit und so lauerte er auf der Fahrt nach Brixen und zur Seiser Alm. Auf der Alm musste es einfach klappen! Vor dem Besuch in Brixen, auf Italienisch Bressanone, gruselte er sich ein wenig. Maja wollte die Fledermäuse im Kreuzgang des Doms besuchen, die sie liebevoll „pipistrelli“

nannte. Die hatten garantiert immer Hunger, auch wenn sie sich schlafend stellten.

Vorsichtshalber tauchten die Gedankenfalter ganz tief in Majas Beutel ab, obwohl sich die Fledertiere wirklich im Tiefschlaf befanden.

Wie viele sind es?

Der Schwalbenschwanz spähte durch die Stoffbahnen und schreckte zurück. *Mindestens sieben, die eng gedrängt da oben hängen!*

Und die Schwalben, wisperte der Admiral.

Haben noch immer ihr Nest ein paar Meter weiter.

Maja bekam davon nichts mit – sie fotografierte mit seligem Lächeln. Danach amüsierte sie sich, wie in jedem Jahr, dass keiner der Fremdenführer die Tiere bis dahin je erspäht hatte, obwohl sie allen genau vor der Nase hingen. Sie weihte auch nur ganz wenige Menschen vor Ort in ihr Geheimnis ein, damit es auch wirklich eins blieb.

Auf der alten Brennerstraße fuhren sie schließlich zur Seiser Alm weiter, wobei Maja ständig das Gefühl hatte, gerufen zu werden. Besonders dann, als sie die Trostburg passierten. Dabei hatte sie mit Oswald von Wolkenstein eher weniger am Hut. Der Distelfalter wurde schon ganz kribbelig, endlich seine Beobachtungen und Gedanken, den anderen mitteilen zu können. Er fieberte dem Moment entgegen, nach der, ihm unendlich anmutenden Fahrt mit der Umlaufbahn, über die Blumen schweben zu können.

Die beiden Auserwählten machten große Augen, konnten aber nicht umhin, festzustellen, dass in der Tat einiges anders lief als auf der gleichen Tour in den letzten Jahren. So besuchten sie diesmal auch nicht Kastelruth.

Seht Ihr! Es ist keine Einbildung, rief der Distelfalter triumphierend, als der Bus den direkten Weg von der Alm zum Hotel einschlug. *Vielleicht muss Maja nur auf das Rufen reagieren?!*

Und in einer völlig falschen Zeit landen? Nein, mein Lieber, da soll sie lieber warten, bis sich das Tor von allein öffnet, sagte der Schwalbenschwanz mit Nachdruck und fügte geheimnisvoll hinzu: *Morgen fahren wir zum Misurinasee, wo sie den Erzherzog zum ersten Mal getroffen hat.*

Maja wälzte gerade die gleichen Überlegungen. Was, wenn Nico als Sigmund der Münzreiche erschiene? Sie war sicher, nicht noch einmal mit ihm nach Fragenstein zu gehen, um der Rache seiner Gattin, Katharina von Sachsen, ausgesetzt zu sein. Sie liebte Nico, nur würde sie ihr Leben nicht leichtfertig wegwerfen. Der Erzherzog war durchaus imstande, sie seiner Frau auf einem silbernen Tablett zum Opfer zu bringen, um selbst ungeschoren davon zu kommen. Er liebte Geld und Reichtum viel zu sehr, um sich davon trennen zu können.

Auf dem Weg zum See hörte Maja irgendwann auf, die Gerölllawinen zu zählen, die sich in den letzten Monaten zu Tal gewälzt haben mussten. Es sah verheerend aus, wie die strahlend weißen Dolomitbrocken, den Boden halber Wälder bedeckten. Immer wieder drängte sich ihr der Gedanke auf, die Natur wolle ihre schönen Erinnerungen an diese Gegend mit Macht auslöschen, so wie das Leben der Pflanzen unter dem Schutt.

Einige Kuhherden standen auf den vom Winter noch sehr durchnässten Böden und ein paar Haflinger.

Der Admiral kletterte auf das Klapptischchen. *Wie viel Zeit haben wir am See?*

Nicht genug, um ihn zu umrunden, sagte Maja betrübt, die sich darauf gefreut hatte.

Also weniger als eine Stunde, stellte der Schwalbenschwanz fest.

Hmm, brummte Maja verstimmt, sich zum Aussteigen bereit machend. *Ich nehme nur Kamera, Handy und Portmonee mit, den Rest lasse ich unterm Sitz. Gibt eh nichts Wertvolles bei mir zu holen.*

Sie trabte ans Wasser, um Ausschau nach den kleinen Fischen zu halten, die es jetzt schon wieder geben musste. Sie bemerkte recht schnell ganze Schwärme winziger Jungfische, die sie nun erfreut beobachtete. Hin und wieder drangen Wiehern und lautes Schnauben über die Wiese.

„Ach da sind sie ja", murmelte sie zufrieden, als auch große Fische im von der Sonne erwärmten flachen Wasser auftauchten. „Na, da will ich euch mal mit der Kamera einfangen ..."

Im selben Moment fühlte sie sich hart im Genick gepackt und eine Stimme zischte: „Die Wilderei wird Euch teuer zu stehen kommen!"

Der Schmerz des Griffs raste durch Majas Körper, sie beinahe paralysierend. Im Spiegel-bild des Sees erschien eine eisenbehandschuhte Faust, welche ihr die Kamera aus der Hand schlug. Dann wurde sie auch schon fortgezerrt.

„Wollt Ihr wohl die Frau loslassen!", hörte sie einen scharfen Befehl, der mit dem Heben eines noch schärferen Dolchs begleitet wurde.

„Frau?" Der sie gepackt hielt, betrachtete ver-blüfft ihre Jeans, lockerte aber etwas den Griff, sodass Maja endlich wieder frei atmen konnte.

„Sofort!" Die Spitze des Dolchs wanderte ziel-sicher zur ungeschützten Achselhöhle des ansonsten gut gepanzerten Mannes. „Wie könnt Ihr es wagen ...?!"

Maja fühlte, wie sie der Erste endgültig losließ, und sie der Befehlende zwar auch mit eisernem Handschuh, aber unglaublich sanft, beiseite schob. „Sie steht unter meinem Schutz. Wenn es Euch nicht passt, beschwert Euch meinetwegen. Der Erzherzog ist nur einen Tagesritt entfernt", klang es dumpf unter dem geschlossenen Visier hervor.

Maja erstarrte bei der Nennung des Titels in namenlosem Schreck, während der andere Geharnischte missmutig zu seinem Pferd trottete und sich mit ihm in den Schatten zweier Bäume verzog. Majas selbst ernannter Beschützer nahm den Helm ab.

„Georg?! Ihr hier?!" Sie glaubte beinahe, zu lange in der Sonne gewesen zu sein. „Seid Ihr es wirklich?" Mit zitternden Fingerspitzen streichelte sie sein Gesicht.

„Warum so überrascht? Ihr habt mich doch hierher bestellt. Seit drei Tagen warte ich schon auf Euer Kommen. Mit ist im Traum eine schwarze Feder erschienen und ich hörte Eure Stimme den Misurinasee nennen. Ich habe sogar auf das große Jagdgelage mit dem Erzherzog verzichtet, um Euch nicht in Gefahr zu bringen."

Sie drückte zärtlich seine Hand. „Ich habe vor drei Tagen eine Krähenfeder gefunden und sie auch sofort als Zeichen gedeutet. Wie gern möchte ich für immer bei Euch bleiben. Ich liebe Euch!"

Georg zog sie überglücklich an seine Brust. „Pssssst! Ich glaube, wir werden beobachtet!" Er deutete kaum merklich mit dem Kopf zum See, wo ein stattlicher Rabe herumstolzierte, und sich nun an der heruntergefallenen Kamera zu schaffen machte.

„Vielleicht will er ja ein nettes Foto von uns schießen, das er dem Erzherzog bringen kann. Katharina würde sicher auch hier Jagd auf mich machen", witzelte Maja. „Wäre wohl besser, wir versenkten den Apparat im Wasser. Dann ist er für immer unbrauchbar."

„Euer Wunsch ist mir Befehl", erwiderte Georg mit einer knappen Verbeugung, ging auf den Raben zu, und trat so heftig gegen das vor diesem liegende Gerät, dass es mit Schwung übers Wasser hüpfte, und erst nach mehreren Metern in den See sank.

Der Vogel hatte noch versucht, die Kamera aufzunehmen, um sie davonzutragen, aber der Ritter war schneller gewesen. Und statt davon zu fliegen, hüpfte der Rabe nur ein Stück weiter und äugte argwöhnisch zu den beiden Menschen herüber. Möglicherweise hatte er ja die Order, sich nicht vom Fleck zu rühren.

Georg führte Maja zu seinen Leuten, die verständnislos dem Geschehen zugeschaut hatten, seit der Fremde wie aus dem Nichts am Ufer erschienen war. Ihnen erschloss sich weder die heftige Reaktion mit dem Dolch noch jene mit dem Tritt gegen das mysteriöse schwarze Kästchen, oder was auch immer das gewesen sein mochte.

Erst aus der Nähe erkannten sie, dass es sich bei der Person um eine Frau handelte, die ihrem Ritter sehr gut bekannt sein musste, im Gegensatz zu seinem Kontrahenten, der noch immer schmollend abseits saß. Und schließlich dämmerte es ihnen, dass sie der Grund war, aus dem sich Georg seit drei Tagen nicht vom Fleck bewegte. Seine deutliche Anspannung der letzten Stunden war wie weggeblasen. Er scherzte mit ihr, als wären sie auf einem Fest.

Immer wieder berührten sich ihre Hände und mit jedem Mal wuchs in den Augen der geheimnisvollen Fremden eine Sehnsucht, die die Männer des Ritters deutlich wahrnehmen konnten. Wenn Georg darüber sprach, was er in den nächsten Wochen für Pläne hatte, zuckten ihre Mundwinkel und manchmal sah es aus, es begänne sie gleich zu weinen.

„Nehmt sie doch mit. Ihr habt das Recht dazu", wandte sich schließlich einer der Herren an seinen Ritter.

Diesmal seufzte Georg sehr tief: „Bisher hat man es stets vereitelt. Und jede Trennung ist, als risse man mir das Herz heraus."

„Ist sie Euch denn nicht wirklich zugetan?", fragte einer, der die Liebeserklärung nicht vernommen hatte.

„Doch, sehr sogar. Habt Ihr das Armband gesehen, welches sie trägt? Es ist aus Eisen. Aber sie trägt es wie die teuersten Juwelen, weil ich es ihr geschenkt habe." Georg seufzte noch einmal und warf einen verzweifelten Blick auf den Raben, der sicher wieder dafür sorgen werde, dass er sich vor Gram und Sehnsucht nach Maja verzehren müsse.

Maja wusste ziemlich gut, es werde ihr nicht anders ergehen. Es genügten ja manchmal nur Minuten, um eine Sehnsucht zu entfachen, die fast körperlich schmerzte.

Soeben verengte sie die Augen zu Schlitzen, um in der grellen Sonne besser sehen zu können. Sie vermutet, genau wie Georg, dass der immer noch am See hockende Rabe, mehr als gedacht, mit den Zeittoren zu tun haben musste.

Mit weiblicher List

Der stattliche Vogel saß im Augenblick auf einem fast graslosen Fleck in der Größe eines Hulahoppreifens und schien hoch konzentriert zu lauschen. Maja beobachtete das schon seit ein paar Minuten aus den Augenwinkeln und wurde ihrerseits von Ritter Georg taxiert, der sich keinen Reim auf die Sache machen konnte.

Als Maja, ohne hinzuschauen, an ihrem Armband herumnestelte, öffnete er den Mund, um ihr seine Hilfe anzubieten. Nur kam er nicht dazu, auch nur einen Ton zu sagen, denn Maja schüttelte kaum merklich den Kopf, wobei sie für den Bruchteil einer Sekunde die Augen schloss. Also schaute Georg nur völlig perplex zu, was sich in den nächsten Augenblicken wie in Zeitlupe abspielte.

Maja warf aus einer blitzschnellen Drehung heraus das schwere Schmuckstück nach dem Vogel, der gar nicht dazu kam, in irgendeiner Art zu reagieren. Am Kopf getroffen, kippte er um und Maja sprintete los.

„Hoffentlich habe ich ihn nicht getötet!“, rief sie, den Raben und das Armband packend und beide aus dem mysteriösen Kreis ziehend. „Gebt mir einen Sack und feste Stricke!“

Georg gehorchte, obwohl er keine Ahnung hatte, was Maja mit der Aktion bezweckte. Sie banden dem Raben den Schnabel zu, und die Füße zusammen, ehe sie ihn locker so im Sack verschnürten, dass nur die Beine herausschauten.

„Lasst ihn nicht entkommen!", blinzelte sie, das Armband ausrollend, sodass es ganz flach lag. Sie nahm Georgs Damaszenerdolch und trennte mit wahrer Engelsgeduld eine Schlussreihe der Metallplättchen ab. Dann winkte sie den Schmied herbei, flüsterte ihm ein paar Worte ins Ohr, wobei sie ihm das einzelne Stück zusteckte.

Es dauerte auch nicht lange, bis er zurückkam. „Entspricht das so Euren Vorstellungen?"

„Aber sicher doch!"

Jetzt dämmerte Georg, was sie plante und hoffte inständig, dass es funktionieren möge.

Maja streifte dem Raben inzwischen den frisch angefertigten Ring über den Fuß, den der Schmied zusammen bog und mit einem Niet sicherte. Georg drückte dem Handwerker eine Münze in die Hand, die dieser überaus erfreut entgegennahm. Eine wahrhaft fürstliche Bezahlung für einen unscheinbaren Eisenring.

„Ihr seid genial", schmunzelte er, als Maja den sich schon wieder leicht bewegenden Raben aus seiner misslichen Lage befreite.

Zuletzt löste sie den Strick von seinem Schnabel. „Wage ja nicht, nach mir zu hacken, dann setzt es was!" Sie hielt ihm ein Stück Brot hin. „Frieden?"

Der große Vogel brummelte missmutig vor sich, berührte den Ring an seinem Fuß, schaute Maja schräg an, und entschloss sich, das Friedensangebot anzunehmen, indem er ihr das Brot aus der Hand zupfte. Er flog auch nicht fort, sondern verspeiste es an Ort und Stelle.

„Schaut mal da!" Georg drehte Maja einfach an den Schultern um.

Der dünnbewachsene Fleck auf der Wiese war kaum noch zu erkennen, man konnte zusehen, wie sich neues Gras aus dem Boden schob.

„Krahhh, krahhh", ertönte es.

Das klang so wehmütig, dass sich Maja neben den Vogel kniete, um ihn zu streicheln, was dieser regungslos über sich ergehen ließ. „Es war der einzige Weg, um endlich Ruhe zu finden", erklärte sie ihm. „Sei nicht traurig. Wir werden uns gut um dich kümmern. Wenn du aber lieber selber für dich sorgen möchtest, dann fliege, wohin du willst."

„Krahhh?"

„Wir meinen es ernst. Du bist nicht unser Gefangener. Wir möchten nur nicht, dass sich die Tore noch einmal öffnen." Georg bot dem Raben die behandschuhte Faust als Sitzplatz an, die der Vogel nach kurzem Zögern erklomm. „Wir reiten weiter!"

„Wohin?", staunte Maja, weil Georg in eine ganz andere Richtung zeigte, als er bisher geplant hatte.

„In die Toskana, mein Schatz, dort kaufen wir uns einen Weinberg und leben glücklich und zufrieden, fernab von Intrigen und Waffenlärm. Hoffe ich."

„Jaaaaaaaa!", jubelte Maja, während der Rabe mit funkelnden Augen krächzte.

Sie nannten den stattlichen Vogel Luigi, was ihm nicht übel zu gefallen schien. Auch wenn er sich immer wieder für ein paar Stunden aus dem Staub machte, kam er stets zurück, selbst wenn sie schon einige Meilen ohne ihn vom alten Lagerplatz zurückgelegt hatten.

Sie ritten ungeschoren über mehrere Pässe und an all den Burgen vorbei, die sich wie Perlen an einer Schnur bis zum Gardasee reihten. Von da zogen sie gemächlich weiter. Tag für Tag, Woche für Woche und Monat für Monat. Ohne die Autotunnel des 21. Jahrhunderts mussten sie lange Wege in Lauf nehmen, um

Bergmassive zu überqueren. Ohne Brücken suchten sie oft stundenlang nach Furten über Flüsse und Sumpfgebiete.

Mit Beginn des nächsten Winters erreichten sie Montecatini Terme, wo sie in eine längere Rast einlegten, mit dem Willen, schon hier nach einem geeigneten Weinberg zu suchen. Kaum besprachen sie den Plan, gebärdete sich Luigi, als wolle ihm einer bei lebendigem Leibe den Balg abziehen. Georg und Maja wechselten zuerst erstaunte, dann tief beunruhigte Blicke. Was mochte den Vogel zu solch einem Verhalten bewegen?

„Ich war in der Neuzeit hier", murmelte sie nachdenklich, „und habe mich eigentlich mit der Geschichte des Ortes befasst." Sie kramte eine Weile in ihrem Gedächtnis und stellte fest, dass die Geschichtsbücher über allerlei Schlachten berichteten, die die Gegend geradezu anzog. Das konnten sie nun gar nicht gebrauchen, wenn sie in Ruhe vom Weinanbau leben wollten. Pisa und Florenz waren eben unruhige Nachbarn und immer im Focus von Eroberern. Georg kam mit ähnlichen Nachrichten in die Herberge, denn die Einheimischen machten kein Geheimnis daraus.

„Ziehen wir weiter", bat sie ihn. „Hinter Siena wird es vielleicht ein bisschen ruhiger. Zumindest in diesem Jahrhundert."

Sie brachen eine Stunde später auf, um den unheilvollen Landstrich zu verlassen. Für die nächste Etappe, die mit dem Auto nicht mal drei Stunden beanspruchte, brauchten sie mehrere Tage, weil wieder Dutzende Hindernisse auf dem Weg lagen.

„Ihr seid so still", stellte Georg besorgt fest. „Geht es Euch nicht gut?"

„Ich musste gerade daran denken, dass Ihr unweit dieses Tales in einem anderen Zeitfenster den Tod gefunden habt, weil Ihr mich verteidigen wolltet. Das zerrt unglaublich an meinen Nerven. Ich habe Angst, dass es wieder geschehen könnte", erklärte sie mit stockender Stimme.

„Krahhh, krahhh, krahhh!", ließ sich Luigi vom nächsten Baum vernehmen, was beide als gutes Zeichen deuteten, denn es klang irgendwie beruhigend.

Ein paar Kilometer von Siena entfernt, das sie weiträumig umritten, beauftragte Maja Luigi schließlich, aus der Luft nach dem besten Domizil Ausschau zu halten, um sesshaft werden zu können. Diesmal weigerte sich der intelligente Vogel nicht, hierzubleiben. Er startete immer wieder zu Rundflügen und führte sie zu einem halb verfallenen Hof in der Nähe von Montalcino.

Mit dem hochbetagten Besitzer des Anwesens waren sie sich schnell handelseinig. Er verkaufte ihnen Weinberg, Olivenhain und Haus, weil er es nicht mehr bewirtschaften konnte, für einen geradezu lächerlichen Betrag. Dafür bekam er lebenslanges Bleiberecht für den Rest seiner Tage und damit die Fürsorge durch das junge Ehepaar, als das sich Georg und Maja einfach ausgaben, weil es kaum einer nachprüfen werde und man einem Ritter eher Glauben schenkte, als einem dahergelaufenen Tagedieb.

Dankbar die vielen guten Tipps des alten Mannes annehmend, gelang es ihnen, den Rebensaft wieder reich sprudeln zu lassen, und konnten sich sogar bald zwei Knechte und Mägde leisten, welche den kleinen Hof kontinuierlich am Leben hielten.

Georg schaffte es auch, sich von allen kriegerischen Auseinandersetzungen fernzuhalten. Es fiel ihm zwar nicht immer leicht, aber er hatte es Maja versprochen. Und Versprechen brach er nicht. Schon gar nicht Maja gegenüber, die er noch immer liebte, wie am ersten Tag.

Nur eines gelang ihnen nicht, ihre glücklichen und äußerst intensiven Stunden inniger Zweisamkeit mit einem Stammhalter zu krönen. Dagegen schien sich das Schicksal, vehement zu wehren. Es gönnte ihnen nicht einmal eine Tochter.

Luigi, der treue Rabe, starb nach fast zehn Jahren und wurde feierlich unter einem Olivenbaum begraben. Maja ließ eine marmorne Statue auf jenem Fleck aufstellen, damit niemand unbedacht auf dem winzigen Grab herumtrampelte. Den Fußring nahm Georg an sich, der ihn zeit seines Lebens an einer Kette um den Hals trug, auf dass das Tor auch weiterhin geschlossen bliebe. Der Plan schien aufzugehen, denn Maja konnte keinerlei merkwürdige Phänomene mehr beobachten. Die Schmetterlingsgedanken des glücklichen Paares hatten sich schon lange zu einem einzigen großen Schwarm vereint, weil beide einander so nah waren, dass sie stets die gleiche Meinung hegten, worum es auch immer gehen mochte. Wo sich einer, der beiden, aufhielt, war der andere nie weit entfernt.

Als viele Jahre später Georgs Zeit gekommen war, rief man Maja an sein Sterbebett. Sanft streichelte sie sein Gesicht. „Ich bin bereit." Sie legte sich auf die Decke neben ihn, zog eine winzige Phiole hervor, welche sie an die Lippen setzte und mit einem Zug leerte.

Eine Magd, die nach den beiden schauen wollte, fand sie Hand in Hand im Tode vereint, wobei ein glückliches Lächeln ihre Gesichter zierte.

`*ENDE*

Alle weiteren Bücher aus dieser Reiseserie:

Band 1:

Band 2:

Band 3:

Band 4:

Weitere Liebesromane

214

Viele weitere spannende Bücher unter: www.sinas-drachen.com und im gut sortierten Handel.